En étrange pays

Gilles Lapouge

En étrange pays

Albin Michel

NN/Déc. 03

22, rue Huyghens, 75014 Paris
www.albin-michel.fr
ISBN 2-226-13699-1

À Evaristo Eduardo de Miranda

En étrange pays dans mon pays lui-même[1]

Ces chroniques ne se connaissaient pas. Elles ne s'étaient jamais rencontrées. Elles étaient publiées à leur guise, ici ou là, et chacune suivait sa petite bonne femme de route. Aujourd'hui, les voici ensemble. Je ne sais pas si elles s'aiment et est-ce qu'elles auront quelque chose à se dire ? Certaines sont spécialisées dans les jardins, dans les vieilles pluies ou dans les vents périmés, d'autres préfèrent les lapins ou les ânes de La Fontaine, il en est qui regardent le ciel, le paradis, le petit Jésus, les anges ou le lac Léman. Les inviter dans un seul ouvrage est une entreprise sans doute vaine mais on ne sait jamais. Je me dis qu'elles peuvent en tirer des bénéfices et mieux se comprendre elles-mêmes.

1. Aragon.

Après tout, pour qu'un mot comprenne ce qu'il veut dire, il doit d'abord s'extraire du dictionnaire. Ensuite, il doit se frotter à d'autres mots, négocier avec des adjectifs et des synonymes, s'aboucher à un verbe, choisir sa place dans une phrase. Et si l'on songe aux cartes à jouer, comment le roi de pique, le valet de trèfle et le dix de cœur composeraient-ils un jeu si on ne commençait pas par les réunir et par les battre un peu ?

J'avais donc envie de grouper ces textes de hasard. C'est un jeu que je pratique parfois avec les livres. J'attrape le héros d'un roman, je lui promets des friandises, je prends l'air louche et je l'attire hors de son texte. Je l'emmène dans la forêt et là, au premier sentier qui bifurque, je m'arrange pour me tromper de chemin. La nuit descend, nous avons peur, et nous courons nous abriter dans un autre roman.

La tête qu'il a faite, Fabrice del Dongo, quand je l'ai sorti de sa Chartreuse, à Parme, pour le lâcher dans l'hôtel de La Mole, à Paris. Il est tombé nez à nez avec Mademoiselle de La Mole qui lui a paru un peu pimbêche. Heureusement, Madame de Rênal passait par là,

Fabrice a fait feu de tous ses charmes et Madame de Rênal a rougi à toute allure.

C'est dans cet espoir que je réunis ces chroniques. Je serais étonné qu'elles n'échangent pas quelques idées ou quelques tuyaux, et qu'elles ne se découvrent pas des affinités, des jalousies aussi, maintenant que les voilà parquées dans une même maison.

J'ai déjà fait une première cueillette. Par exemple, il est apparent que ces articles désaccordés, qu'ils parlent des frontières, de l'exotisme ou d'une cigogne, ont une même couleur, qui est couleur de nostalgie.

Quand je m'en suis rendu compte, j'ai d'abord été interloqué. Il faut dire que, jusqu'à les lire, je me flattais de ne pas fréquenter la nostalgie, sauf de loin en loin, et au crépuscule. Je jugeais ce sentiment vulgaire, égoïste, pleutre et sans avenir. J'étais sévère à l'égard des ronchons qui magnifient le passé pour humilier le présent. Je me vantais d'être moderne et même, certains matins miséricordieux, carrément post-moderne. Je n'aimais pas les gens qui pleurent sur le « bon vieux temps ».

Je les comparais à ce Juvénal qui déplore déjà,

au IIe siècle, comme les ministres du XXIe siècle, que les enfants refusent d'apprendre leur alphabet, au contraire de leurs pères et surtout de leurs grands-pères qui étaient si forts en latin.

Or, en prêtant l'oreille aux bas bruits que font ces chroniques, je m'aperçois que je suis un Juvénal de petite dimension : comme lui, mais avec moins de fureur, je regrette un tas de choses : la fumée blanche des locomotives et le bruit des bielles dans les montées, l'odeur si distinguée du crottin des ânes, la faïence des prairies et des champs de blé, les abeilles de mon enfance qui étaient gaies et qui me reviennent tristes, les bandes d'hirondelles bien rangées sur les fils télégraphiques, les dentellières, les cloches du XIXe siècle et tous ces matins bleus qui ont filé comme des pets. La liste ne serait jamais close et je passe tout de suite aux aveux : je suis autant chargé de nostalgies qu'un âne l'est de reliques et rien ne m'est plus délicieux que cette poussière d'or et de mélancolie qui flotte sur les saisons.

Ma défense est qu'il y a nostalgie et nostalgie. La mienne est de douce fabrique et de peu d'amertume. Elle est joueuse. Elle n'a pas mauvais esprit. Elle ignore la jalousie. Jamais elle ne prétend que le temps présent est nul, que les écoliers de la veille étaient plus vertueux que ceux du jour. Elle ne dit même pas que les hommes de jadis étaient des géants quand ceux d'aujourd'hui sont des nains, et elle a raison : ces jugements sont faux comme des jetons. Je ne compare pas l'hier et le lendemain. Je dis seulement que j'aime les brises qui soufflent la veille. Et si je pense qu'une neige de l'hiver 1937 sent la noisette, le loup, l'écureuil et l'archange, loin de moi l'idée d'en profiter pour dénigrer une neige de 2002. C'est simplement que les neiges de l'année 1937 ont ajouté à leur beauté celle du temps qui passe. Mais les neiges de 2002 n'ont pas à se décourager : elles deviendront elles aussi, un jour ou l'autre, des neiges de naguère.

J'ai récemment amélioré ma collection de nostalgies. Je ne me contente plus de ces nostalgies de pacotille qui m'encombrent tant – un bruit d'ailes de mouettes de l'année 1936 dans le quartier de la Marine à Oran ou la litanie de la machine à coudre Singer dans les après-midi des printemps en allés. Je me suis confectionné des nostalgies de plus d'envergure et qui brassent des millénaires. C'est le professeur Fernand Braudel qui m'a donné cette idée : on se souvient qu'il a fourni aux historiographes un outil d'une puissance peu commune le jour où il a dit qu'on avait le droit de découper le temps historique en courtes durées, en moyennes durées ou en longues durées. Je tâche d'appliquer cette trouvaille à la nostalgie. À partir de maintenant, je privilégie les nostalgies de « longue durée ». Ce sont les meilleures. Qu'est-ce que c'est que ces nostalgies de Lilliput qui nous font remonter le temps de dix ans, de cinquante ans au mieux ? Et qui ne servent qu'à pleurnicher sur soi ? La nostalgie de longue durée a une autre allure. Elle débite des siècles, des millénaires. Elle s'exalte sur les soldats de l'an II ou sur les jacqueries de l'année 1358, dans le Beauvaisis, elle entend le galop des chevaux d'Attila dans la Haute-Marne, elle a une pensée, chaque soir, pour une dame germanique qui s'est perdue dans les bois en revenant de son rendez-vous avec son amant et c'était un autre siècle.

Ces nostalgies au long cours sont agréables. Elles procurent des vertiges. Leur plus belle réussite, c'est qu'elles nous disent que tout est toujours pareil, et que les dames du temps jadis étaient comme les dames du temps d'aujourd'hui et comme les dames de demain. Elles nous disent que les batailles ne sont que des souvenirs de bataille. Les séquoias, les renards, les femmes, les soldats de Fontenoy, les chenilles et les lunes meurent comme on fait un clin d'œil. Toutes choses s'en vont. D'autres choses viennent et elles sont les mêmes. Ce matin, le soleil s'est levé il y a mille ans. Il se couchera tout à l'heure, dans trois millions d'années et le temps, peut-être, est rond comme une bille.

Le paradis des quatre saisons

Chaque fois que s'annonce l'été, je pense à Kuching. C'est une ville que l'on trouve à Bornéo, province de Sarawak. Elle ne m'a rien fait. Pourtant, je ne l'aime pas beaucoup car elle a une spécialité : elle occupe, sur le globe terrestre, une position si subtile que l'été ne s'y achève jamais. Que ce soit décembre ou juillet, la chaleur y est toujours égale.

Ça ne doit pas être commode, de naître dans une ville pareille ! Au début, le jour de la naissance, d'accord, ce n'est pas mal, ça fait de l'effet. Tout nouveau tout beau ! Le bébé ouvre les yeux sur un ciel étincelant, il est ravi, il se dit qu'il entre au paradis. Mais, le lendemain, le ciel étincelle encore, et ça n'en finit jamais. Chaque matin, les mêmes beautés. Chaque matin, le ciel de la veille et celui du lendemain. Où donc est parti l'aujourd'hui ? Sommes-nous hier ou sommes-nous demain ? Où est passé le temps qui passe ? Et comment savoir que je suis au monde si rien, jamais, ne bouge ?

Pour moi, je me félicite plutôt que l'année soit découpée en tranches. Ce que je préfère, c'est le passage d'une tranche à une autre. L'entre-deux. Le chien et le loup. La frontière. Le seuil. La ligne de partage. À chaque solstice et à chaque équinoxe, il y a une brève période durant laquelle la saison qui succombe et celle qui commence se battent à mort, se font des niches, se volent des nuages ou des pluies, se chipent une aurore ou une brume. Hier soir, vous vous êtes endormi dans un crépuscule de satin, c'était l'été, mais le printemps a contre-attaqué, dans la nuit. Il s'est avancé à pas de loup, à pas de velours et de chaperon rouge, et ce matin, il a repris le terrain perdu la veille.

Vous ressortez un chandail, mais quelques jours plus tard, l'été revient avec ses manigances. Il peinturlure d'or la corne d'un bois, une falaise, une prairie, et le printemps meurt pour la deuxième fois. Pour le coup, l'été a vraiment gagné. Il se drape en sa gloire. Plus maquillé qu'une reine de Saba, il étale ses tubes de rouge et de bleu, ses verts, ses mauves pour faire croire qu'il a l'éternité devant soi, mais c'est un vantard et, dès le 15 août, il est blessé. Il défaille. L'automne le grignote. Les crépuscules pâlissent. Des poudres de lune et de soie descendent sur la forêt. Le soir frissonne. L'air sent le champignon, la fourrure et l'odeur des choses qui meurent.

Ce n'est pas l'été paralysé de Kuching qui nous procurerait pareilles délices. Comment un jardin voué à une seule saison mériterait-il le titre de « jardin d'Éden » ? Comment même serait-il jardin ? Le jardin n'est que le roman des saisons, l'addition et le déferlement du printemps, de l'été, de l'automne, de l'hiver.

Les imagiers du Moyen Âge savaient deux choses : la première est que tout jardin est un miroir tremblé du paradis, avec son arbre central, ses allées comme les quatre fleuves du pays d'Éden, ses oiseaux et ses anges. Et surtout, ils savaient que le jardin d'Éden ne se contente pas d'une seule saison, fût-elle la plus belle. Le jardin des délices est un lieu où cohabitent les neiges, les semences, les bourgeons, les fleurs et les fanes.

Il y a là une idée qui fait difficulté pour nos cervelles mais le XIIe siècle la trouvait simple : à chaque étape de l'année, les quatre saisons sont présentes. Sans doute une des quatre l'a-t-elle provisoirement emporté. Les autres sont invisibles mais elles ne sont pas tombées dans le néant. Elles sont là, elles sont cachées comme des petites bêtes dans leurs terriers. Elles attendent le moment de sortir le museau.

Dans quelques miniatures du Moyen Âge, les jardins rassemblent les quatre climats en même temps : vous y apercevez des arbres en fleurs et d'autres en pleurs, une prairie de neige, des bourgeons de printemps et des coquelicots cramoisis. Je trouve belle cette idée. Elle nous dit que le paradis n'est pas un lieu dans lequel une couleur abolit les autres. C'est au contraire le lieu où toutes les couleurs s'entrelacent, se tolèrent et s'exaltent. Rimbaud disait que « l'azur est du noir », et tous les langages communiquent. Voilà le paradis : le moment où les fleurs et les grêles, les soleils, les lunes et les aubes, la mort et la vie, et toutes les beautés du monde sont ensemble.

Les jardiniers sont un peu comme les enlumineurs du Moyen Âge : ils peignent sur terre, non sur toile, voilà tout. Les couleurs qu'ils emploient ont cette propriété de changer à mesure du temps. Les bulbes, les graines que je mets en terre contiennent tout l'arc-en-ciel, et ce sera l'ouvrage des saisons que d'en extraire, au fil des mois, les bleus ou les bistres, les carmins, les blancs ou les bronzes. Toutes les saisons sont présentes en même temps, ratatinées dans chaque semence. Je ne peux voir un jardin sans me représenter tous les jardins qu'il camoufle, empilés les uns sur les autres, et que le décours des mois va dévoiler, comme le temps feuillette l'éternité. Comment regarder une forêt de givre sans songer aux innocences du printemps, aux dorures de l'été, sans songer, déjà, aux beaux ciels fracassés de septembre ?

Quand se perdent les cigognes

Il est arrivé quelque chose, cet été, aux Alpes-de-Haute-Provence : le samedi 22 juillet de l'année 2000, six cigognes se sont posées au Brusquet, un village proche de Digne, entre Marcoux et Draix. Elles se sont perchées sur la cheminée d'une usine désaffectée.

Nous n'avions pas vu venir le coup. La veille, comme nous le faisons chaque jour depuis mille ans, nous nous étions extasiés sur la beauté des lumières du soir, sur l'élégance du pic de Couars et sur le bruit de nos rivières de pierres et d'eau. Le lendemain, les six cigognes étaient là. Elles avaient des têtes de fable de La Fontaine mais l'œil soucieux. Nos montagnes les énervaient. Elles avaient honte. Pour un migrateur aussi expérimenté que la cigogne, il n'est pas malin de débarquer dans les Alpes quand on cherche l'Alsace.

Elles avaient commis deux bourdes : d'abord, elles avaient confondu l'été avec l'automne puisque les cigognes convenables ne regagnent le Sud que vers la fin du mois d'août. En plus, elles avaient pris une mauvaise route. En bonne règle, les cigognes, qui détestent la mer mais qui adorent les dieux, contournent la Méditerranée quand elles quittent leur pays d'au-delà de la Weser. Les unes passent par la Turquie et volent de minaret en minaret. Les autres préfèrent l'Alsace et Gibraltar, et suivent le chemin des clochers. Les nôtres, celles du Brusquet, étaient des agnostiques. De même qu'elles n'avaient pas su choisir entre la Turquie et Gibraltar, elles balançaient entre les religions. Comme il n'y a presque pas de minarets dans les Alpes, elles auraient pu se contenter d'une église, mais non ! Nos clochers ne leur plaisaient pas. Elles faisaient le petit bec. Elles préféraient les églises d'Alsace, je ne sais pas pourquoi ! Du coup, elles s'étaient rabattues sur une cheminée d'usine, une briqueterie fermée depuis 1936.

Ainsi avons-nous assisté à une mutation dans

le peuple des cigognes : sous nos yeux, en direct, un contingent de cigognes renvoyait dos à dos l'islam et le Christ, se déclarait laïque et même un peu ouvriériste, ainsi qu'en témoignent l'usine et sa date de 1936, tout en rectifiant des itinéraires inchangés depuis la fin du néolithique. Dans le tumulte ordinaire de l'été 2000, l'affaire des six cigognes est passée inaperçue. Les cours du pétrole flambaient. Chevènement faisait la tête et Poutine perdait son sous-marin. Nos six cigognes comptaient pour du beurre.

Elles ont demeuré deux jours sur leur usine, puis elles ont repris le ciel. Reviendront-elles l'an prochain ? Il est constant que des oiseaux s'égarent. La plupart du temps, on ne les revoit jamais. Il arrive pourtant qu'ils se plaisent dans un pays de rencontre et qu'ils se fixent. Par exemple, les corneilles mantelées de l'Égypte sont d'anciens migrateurs blasés qui ont remplacé une culture nomade par une culture sédentaire. Même chose au Groenland : en 1937, une tornade ravage les terres arctiques. Elle ramasse quelques grives à tête cendrée et les jette dans le Groenland. Depuis, ce pays abrite une colonie de grives. Il a assisté à une mutation.

Le Brusquet, cet été, a fait comme le Groenland : il a été le théâtre d'une mutation, une modeste mutation, c'est vrai, mais, pour un si petit village, ce n'était pas si mal. Pour moi, je me suis demandé ce qu'on pourrait faire de ces cigognes. J'en ai retenu qu'elles nous donnaient à voir ce que nous ne voyons pas : chaque année, le ciel de la France est survolé par quatre cents à cinq cents millions d'oiseaux migrateurs et lequel d'entre nous y songe, et lequel les remarque, et lequel pense à leur tristesse quand ils mélangent leurs chemins ?

Telle était la moralité de la fable des cigognes : elle disait que nous sommes, nous les hommes, de gros distraits. Nous ne voyons que notre porte, notre seuil, nos frontières et les images de nos miroirs. Notre vue est basse. Nous sommes presbytes ou bien myopes, et parfois aveugles. De la musique des choses, nous ne captons que quelques notes dépareillées. Pour les couleurs, nous sommes nuls. Nous en ratons neuf sur dix. Et, prêtant l'oreille au long discours de la Terre, nous n'en attrapons que des virgules, des guillemets, des points de suspension. Dans le tableau des choses, nous découpons une mince bande, fine comme une lame, et nous disons qu'elle est le tout. En somme, des immensités de la mer, du ciel ou de la terre, nous ne fréquentons que les rivages, les reflets et les ombres. Nous ne sommes pas au monde.

En ce 22 juillet, les cigognes perdues avaient déchiré la toile peinte de la Création et ouvert une lucarne à travers laquelle scintillaient, pour un bref instant, les lueurs du réel. Elles disaient que les hommes sont dans un théâtre et qu'ils croient assister à la pièce alors que le rideau de scène n'a même pas été entrouvert. Grâce à six cigognes un peu folles, le voile avait frémi. Nous avions entrevu les coulisses. Nous avions pressenti le caché et le chatoyant, l'indicible et le danger des choses. Puis les cigognes étaient remontées dans leur ciel. Le rideau s'était refermé.

Les abeilles s'en vont

Il paraît que les abeilles s'en vont. Elles nous ont assez vus. Elles font comme les pandas. Elles n'ont plus le goût de vivre. Butiner à perpétuité les assomme. Elles ne retrouvent même plus le chemin de leurs ruches et les voilà paralysées, bientôt mortes. En quatre ans, 450 000 ruches ont été ravagées (aux États-Unis, dit *Time*, des millions de ruches ont disparu).

C'est une sale nouvelle. Certes, il est d'autres détresses. Le dodo de Madagascar et le mammouth ne sont plus et le monde tourne toujours. Mais l'hécatombe des abeilles est d'une autre gravité.

L'abeille débarque sur Terre bien avant nous. Tout de suite, elle se met à son établi et elle butine à qui mieux mieux. Quand l'homme arrive à son tour, quatre-vingts millions d'années plus tard, l'abeille le dorlote. Elle le bourre de miel, lui donne de la cire. Elle se fait son instituteur. Ses nids et ses essaims inventent la science politique. En 1793, la Convention est à deux doigts d'en faire l'emblème de la Révolution, mais un député un peu apiculteur dit que cette idée est bête car les abeilles ont une reine, alors que les Français vont couper le cou de la leur.

C'est merveille, donc, que cet hyménoptère, mais qui ne suffit pas à expliquer l'horreur d'un monde sans abeilles. Cette horreur puise à des sources plus subtiles. L'abeille est la grande fécondatrice. Si elle nous plaque, comment la terre saura-t-elle entretenir ses fruits, ses fleurs, ses feuilles et ses branches ? Et que serait un paysage sans fruits ni couleurs, un paysage en noir et blanc ?

L'abeille a la haute main sur nos campagnes. Elle a en charge la beauté des choses. Quand elle entre dans une fleur pour en lécher le nectar, elle cogne du front le *rostellum*, un sac membraneux qui libère deux petites massues gluantes, les pollinies, pleines de semence mâle. Ensuite, elle farfouille dans une nouvelle fleur. Ses pollinies heurtent alors les stigmates du style de l'ovaire et le tour est joué : la fleur est fécondée. Certes, l'abeille n'est pas la seule préposée à la pollinisation : les vents s'en occupent aussi et d'autres insectes et les colibris, mais rien de comparable à la science, au talent et à l'efficacité des abeilles. Non seulement l'abeille est une des plus chatoyantes couleurs de la tapisserie du monde, mais encore elle est la tisserande, la couturière et la brodeuse de cette tapisserie.

La fécondation de la fleur par l'abeille constitue un des plus troublants mystères de la création. Comment expliquer les fabuleuses épousailles entre la fleur et l'insecte, ces deux êtres incompatibles, et l'un à l'autre interdits ? Nous autres, les animaux, nous n'avons pas le droit de faire l'amour à des individus qui ne sont pas de notre espèce. C'est déjà toute une complication, pour un homme, de copuler avec un tigre et en plus ça ne fait pas de petits tigres. Mais l'intrépide, l'ingénieuse abeille, elle, ignore ces vétilles. Elle aime les fleurs, c'est son truc, et on a beau lui dire que ce n'est pas bien car elle n'est pas une fleur, elle s'en fiche. Elle leur fait l'amour comme une forcenée et ça l'enchante et ça enchante le monde. Elle transgresse gaiement toute morale et tous les acteurs sont ravis : l'abeille jouit, fait du miel, de la cire, des fleurs. La fleur jouit, fait des fruits, peinturlure la terre. « Le duo d'amour, dit Ernst Jünger, entre deux êtres que différencient à un tel point leurs formes et leur degré de développement a dû s'attester un jour, comme d'un coup de baguette magique, par d'innombrables noces. Les fleurs prennent la forme d'organes sexuels singulièrement adaptés à des créatures qui leur sont entièrement étrangères. »

Einstein, déjà, se faisait du mouron pour l'abeille. Il disait : « Si l'abeille disparaissait, l'espèce humaine n'aurait pas quatre années à vivre. » Je crois qu'il exagérait mais il me donne envie d'exagérer à mon tour et de hisser la disparition de l'abeille au niveau qui est le sien : historique et, si j'osais, je dirais métahistorique. Certes, les savants ont déjà « mis en examen » les coupables de la tristesse de l'abeille : les insecticides (le Gaucho, le Régent). Ces savants ont bien raison. Pour moi, cependant, et décidément métaphysique, je me persuade que, derrière le Régent et le Gaucho, se dissimulent des diables d'une plus haute lignée. Yahweh, quand il propose à Moïse d'emmener son peuple dans la terre de Canaan, le séduit en lui parlant d'un « pays où ruissellent le miel et le lait » (Exode 3,8). Ce lait et ce miel plaisent à Moïse qui prend la route. Malheureusement, s'il contemple la Terre promise depuis le mont Nébo, il meurt avant d'y entrer. Je me demande si nous ne sommes pas tous des Moïse. Nous regardons la Terre promise depuis longtemps mais nous n'y sommes pas entrés encore. Et, en plus, voici qu'aujourd'hui, les deux ingrédients que Yahweh y avait mis éprouvent l'un et l'autre une « difficulté d'être » : les vaches sont folles, et le miel, les abeilles ne retrouvent plus leurs ruches.

La reine de la forêt

Dans la forêt amazonienne, au sud de Belém et non loin de Tomé-Açu, une famille de Japonais exploite une scierie. Elle débite du *jacaranda*, du *mogno*, de l'*ipé rosa* et de la *castanha do Pará*. Parents et enfants, femmes et hommes, tous s'activent sous des arbres de soixante mètres de haut et si touffus que le bleu du ciel, quand il a réussi à se faufiler entre les lianes et les feuilles, n'est plus qu'une clarté verdâtre. Un journaliste demande à la grand-mère japonaise ce qu'elle fait de ses dimanches. La grand-mère dit qu'elle se repose. « Vous dormez ? – Je m'occupe de mes bonsaïs. – Vos bonsaïs ? Quelle drôle d'idée ! »

Quelle drôle d'idée que d'introduire en catimini une forêt microscopique à l'intérieur d'une forêt géante ! Pourtant, les bizarres divertissements des forestiers japonais ne sont pas futiles, et quand la grand-mère s'explique, on comprend que ses bonsaïs sont des bonsaïs philosophiques.

La vieille dame raconte sa vie. Elle a été jetée, par le hasard des choses, dans la forêt la plus belle et la plus dévoratrice. Elle a eu peur. Elle a craint que les arbres cannibales ne la dévorent, ne l'asservissent ou n'en fassent une naine. Alors, elle a cherché un contrepoison. Le bonsaï est ce contrepoison : la famille s'est confectionné, comme en un miroir, une forêt pour rire, une maquette ou une miniature de la grande forêt. Et elle a repris le pouvoir.

Les arbres nains sont commodes. Un enfant, auprès d'un bonsaï centenaire, a des manières de géant. Les bonsaïs tiennent dans votre main. Ils sont dociles et disciplinés. Ils réclament à peine un peu de considération et un brin de délicatesse. On les cultive, on les ordonne, on les taille comme on se taille les ongles, on ralentit leur croissance et ils font tout ce qu'on veut. On les déménage et ils s'en fichent. On les dispose en triangle ou en quinconce et ils ne protestent pas. Ils obéissent au doigt et à l'œil.

Ils sont bien élevés, cérémonieux, bien peignés et propres comme des sous neufs, respectueux et soumis aux hommes.

Quelle différence avec la jungle ! La forêt d'Amazonie est une forêt révoltée. Toujours en pétard, elle est insupportable. Elle n'en fait qu'à sa tête et sa tête est folle. Comme elle est énorme, déraisonnable et inassouvie, on ne peut rien sur elle. L'Homme, que le bon Dieu avait pourtant nommé maître de la création, est évincé de son trône. Il se contente d'assister au délire. Du matin au soir, la forêt projette son spectacle de début et de fin du monde. Elle mélange tout : mort et vie, enfer et paradis, Éden et Jugement dernier, passé, présent et avenir. Elle est inconstante et tout en foucades. Elle se nourrit d'elle-même, elle pourrit et sa pourriture l'exalte. Elle se digère. Elle avale ses excréments et elle s'en délecte. Elle compose sa vie avec sa propre charogne.

On comprend l'angoisse des Japonais et leur contre-attaque. Traités par la forêt sublime comme des riens du tout, rapetissés à la taille des souris par le gigantisme des arbres, ils ont fait un coup d'État : les chênes de vingt centimètres et les érables de cinq cents ans sont leur 18 Brumaire. Avec leurs arrosoirs de lutin et leurs pioches de poupée Barbie, ils conjurent la peur et l'humiliation qui sont leur lot durant la semaine. La grand-mère a réussi cet exploit : renverser la relation entre la forêt et l'homme. Esclave de la nature en semaine, elle en devient la reine le dimanche, dans son bosquet de Lilliput.

Au surplus, elle a fait coup double car les bonsaïs lui ont offert une deuxième souveraineté, sur le temps. Les années passent sur les troncs microscopiques et ne les offensent pas. Les bonsaïs ne flétrissent ni ne fanent. Dans ce maelström qu'est l'Amazonie, dans cette forêt où tout est corruption et pourrissement, fièvre, agonie, mort et résurrection, le bonsaï, lui, demeure. Sur le déluge du temps, il jette le regard impassible de l'indifférence. Certes, le bonsaï est un être du temps, lui aussi, mais un temps ralenti, cataleptique. Il passe un licol aux années. Les heures peuvent faire les folles dans la forêt prochaine, les bonsaïs, eux, flottent sur les siècles, les rangent en file indienne, les font marcher au pas. Ils intimident la mort.

En étrange pays

En somme, les bonsaïs, tout en appartenant, comme la jungle, au règne du vivant, en forment le contraire. Immobiles, microscopiques, rationnels et géométriques, parfaits comme le cristal et imputrescibles, ils nient le temps dont la grande forêt est la servante enthousiaste et l'esclave. Le bonsaï n'est pas immortel : il naît, il respire et il grandit, mais il vit si doucement qu'il frôle les empires du rien. Il marque la frontière mystérieuse où le néant et la vie s'effleurent, se caressent et peut-être s'enlacent.

L'écrivain-voyageur

Dès qu'ils m'eurent enrôlé dans l'aimable troupe des écrivains-voyageurs, il y a quelques années, je me suis mis à voyager. J'allais au lointain. Je fréquentais des bouts du monde. Je parcourais la rose des vents. Je tremblais d'impatience comme tremble l'aiguille des boussoles qui ont perdu le nord. J'étais bien content. Jusqu'au jour où j'ai eu une idée. Cette idée était simple : un voyageur, surtout un « étonnant voyageur », comme on me disait que je l'étais, est un type à la recherche d'exotisme. Or, l'exotisme, depuis que tout le monde passe ses week-ends aux Seychelles, je mesurais qu'il avait déménagé et qu'il était allé se cacher dans des coins introuvables. Je me suis mis à chercher ces coins.

C'est craintif, un exotisme, et plus rusé

qu'une belette. Le mien avait quitté les antipodes pour se planquer sous mon nez, en Belgique, en Autriche, au Piémont ou bien en Suisse, dans les pays que je ne connais pas bien. Voilà les malices de l'exotisme : au lieu d'arpenter la vallée du Nil, comme tout le monde, ou les jungles de Bornéo, il s'était réfugié sous mon lorgnon, et le lac Léman était plus étrange que le Fouta-Djalon. Malheureusement, pour aller à Lausanne, c'était une entreprise ! Il fallait prendre des billets de chemin de fer, annuler un déplacement à Fortaleza, repousser une promenade en Angola, décommander une excursion à Goa.

Alors, puisque je n'arrivais jamais à aller jusqu'en Suisse, j'ai eu recours à la méthode des enfants. On sait comment ils s'y prennent pour voyager : le dimanche, quand il pleut et si la pluie est triste, ils feuillettent des mappemondes. Ils prononcent le nom des ports et ils entendent le clapotement furieux des mers orientales. Ils puisent dans les mots comme dans un sac de bonbons. Ils disent Karakorum et Brahamapoutre, ils disent Vancouver et ils attendent que déboulent sur leur moquette des troupeaux de bisons, des neiges, des colonies de crabes. C'est ainsi que j'ai procédé.

Mais, au lieu de prononcer des noms spécialisés dans l'exotisme, comme Chandernagor ou Carthagène, ces noms que je connaissais par cœur et qui étaient comme du chewing-gum trop mâché, j'ai changé de dictionnaire. J'ai cherché d'autres mots, des mots rares et des mots soyeux, des mots comme des orchidées. J'ai fureté dans une carte du lac Léman : j'ai dit Cologny et Versoix, Saint-Saphorin et Coppet. Et des tonnes d'inconnu ont dégringolé sur moi. Je disais Lausanne et le lac était une moire. Je disais Montreux et Vladimir Nabokov, celui de *Lolita*, courait à la montagne avec un grand filet à papillons, et quoi de plus exotique que ce gros monsieur sautillant dans les boutons d'or des prairies de Territet, comme s'il voulait s'envoler. Le paysage le plus proche, si l'on s'applique un peu, est un désert des Tartares. Un lopin à ma porte me procure les mêmes extases que les savanes hantées du Mato Grosso. Avec les mots, je fabriquais un lac Léman et ce lac était le songe du Yang-tseu-kiang. Rien qu'à lire mes cartes, je vérifiais, comme le dit Junichirō Tanizaki, que les cygnes de la Suisse sont d'un blanc plus pur que ceux qui bordent le rivage français, à Thonon ou Évian.

Je recensais des vents inouïs. Bien sûr, j'apprécie l'alizé, c'est un vent estimable, mais tout le monde le connaît sur le bout du doigt. Au contraire, qui dira les sortilèges du vaudaire, ce vent de poche qui naît dans le Valais et meurt à Morges ? Il est vrai que Morges possède déjà son propre vent, le morget, et qu'en Suisse, les vents se respectent les uns les autres. Jamais un vent du Valais ne disputerait ses aires à un vent de Morges. Cela ne veut pas dire que le morget est insignifiant. Sans doute, il ne peut pas rivaliser avec le violent joran qui renverse les bateaux sur le lac, mais il fait son petit ouvrage de vent. En colère, il peut courir huit kilomètres à la seconde ! Il a, du reste, pris la précaution de prévoir une version de lui-même plus civilisée, le morgeasson. Ce morgeasson est si faible qu'on le sent à peine, juste de quoi donner le frisson au lac Léman et celui-ci ressemble à la robe d'un cheval pur sang.

Bien sûr, ces vents que je n'ai jamais vus, ces villages dont le nom contient des vignobles, des clochers absents et des demoiselles de néant, il serait bien simple d'aller les voir au lieu de les ressasser dans les dictionnaires. Relier en barque Celigny à Nyons, ça aurait tout de même une autre gueule que descendre le Mississippi sur les bateaux à roues de Mark Twain, je le sais bien, mais voilà, je me débrouille pour n'aller jamais à Genève ! Je trouve toujours des prétextes et ces prétextes sont des mensonges. L'excuse du manque de temps ne vaut pas un radis. Il faut présumer de plus graves motifs. La vérité est que je crains de tarir mon ultime réservoir d'exotisme, le lac Léman. C'est à condition d'être inatteignable qu'un pays produit de la nuit. Le verrais-je, mon lac Léman, et il deviendrait aussi ordinaire qu'un lac Titicaca, aussi commun qu'un brave vieux cap Horn. L'exotisme est l'autre nom de l'absence.

Exotismes

De temps en temps, tous les cinquante ans à peu près, l'exotisme se déplace. Il s'annexe de nouveaux territoires. Il me semble que c'est le cas aujourd'hui. Les marchands de voyage complètent leurs catalogues : à côté de leurs vieux soleils, de leurs noix de coco et de leurs équateurs fourbus, ils proposent des objets plus rares : des vents à vous glacer la barbe, du givre, des icebergs, des choses boréales. Ils nous montrent des ours blancs dont la truffe est noire, ce qui ne leur plaît pas, du reste, car ils deviennent visibles sur la neige et ça les oblige à mettre tout le temps la patte gauche devant leur nez.

Jean-Louis Étienne, dès qu'il voit une calotte glaciaire, se met à marcher dessus pendant des mois. Yves Paccalet court au Kamtchatka. Janot

Lamberton fait de la varappe à deux cents mètres sous les glaces du Groenland. Dans des hôtels de glace, en Finlande, les jeunes couples ont des nuits de noces congelées. Les îles Féroé menacent les Maldives, et les soleils les plus chic sont ceux de minuit. Nicolas Vanier écrit *Le Chant du Grand Nord* et *La Tempête blanche*. Il ressuscite nos enfances, quand *La Reine des neiges* d'Andersen dormait parmi les givres tandis que James-Oliver Curwood peuplait nos sommeils de caribous et de chasseurs de loups.

Même les microbes se laissent influencer : une équipe franco-russe vient de démontrer que des bactéries vivent très bien, et peut-être gaiement, dans le lac Vostok dont les eaux clapotent sous quatre kilomètres de glace, dans l'Antarctique. Certes, cela ne veut pas dire que les vacanciers vont troquer les plages de la Tunisie pour celles de la mer de Barents. Cela veut simplement dire que la rêverie exotique, aujourd'hui, se nourrit de neiges et de glaces. L'exotisme a toujours été ainsi. Il ne tient pas en place. Il met son point d'honneur à être « ailleurs », c'est du reste cela son étymologie. Il est où il n'est pas. Il meurt ici, il ressuscite là, et pourquoi s'en étonner ? L'exotisme est un acteur de l'Histoire. Il est pareil au temps. Il n'est pas fixe et pas éternel. Il remue comme remuent les sociétés, les guerres, les techniques ou les poèmes.

Si nous aimons un panorama, c'est que le moment présent le magnifie, le dramatise ou l'exalte. C'est aussi que les poètes nous disent qu'il est beau. Un paysage se fabrique lentement. Comme eût dit Simone de Beauvoir, « on ne naît pas paysage, on devient paysage ». Le désert, la mer, la montagne ou la neige nous enchantent. Il n'en fut pas toujours ainsi : ces océans que nous trouvons sublimes dégoûtaient les premiers hommes.

Les eaux de la Bible grouillent de Léviathans. Les mers d'Homère sont pleines de Charybdes et de Scyllas. Il y a deux siècles, les montagnes étaient l'œuvre du diable. Il fût passé pour fou celui qui eût trouvé du charme aux Alpes. Michelet compare les glaciers à la mort, et il faut que naissent les romantiques pour que les hautes cimes soient belles. Jean-Jacques Rousseau réhabilite les sommets. Et comme il compte large, il ajoute les lacs. C'est après avoir lu les *Rêveries du promeneur solitaire* que les architectes suisses ouvrent les fenêtres des maisons du côté du lac.

Le soleil a un destin aussi mouvementé que les lacs. S'il faut reconnaître qu'il fait souvent figure de Dieu, depuis Akhenaton jusqu'à Louis XIV, en revanche, dans le champ du tourisme, il a eu un mal fou à percer. Les inventeurs de la Côte d'Azur le tenaient pour un nul. Ils l'interdisaient de séjour : on n'allait à Menton ou à Bormes-les-Mimosas que pendant les hivers. Les premiers baigneurs, au XVIIIe siècle, furent les Britanniques. Ils détestaient les mers chaudes. Ils commencèrent par tâter les vagues, à Brighton, mais ils les trouvèrent tièdes. Alors, ils filèrent en Écosse ou dans les Orcades, ils se plongèrent dans des flots atroces, de quoi attraper des fluxions de poitrine, mais ils étaient comblés ! Ils y gagnaient une santé de fer et puis, on peut bien claquer des dents si la baignade est romantique !

Depuis, la chaleur a lancé une contre-offensive. Elle a mis les bouchées doubles et la voici souveraine. Nous croulons sous ses images : horizons d'or et d'émeraude, mers de cristal, palmiers, lagons, tropiques et perroquets. Les soleils étincellent tellement qu'on ne sait plus s'ils sont au ciel ou dans les publicités. Est-ce cet effet de saturation, ce « ras-le-Sud », qui explique l'exaltation des choses du Nord ? Dans les dictionnaires, le mot « exotisme » désigne l'étranger, l'ailleurs et tout ce qui n'est pas de l'Occident. C'est pourquoi il a commencé par s'établir sous les tropiques. Mais les tropiques sont devenus si familiers, si monotones, si pullulants d'Occidentaux, que l'exotisme a déménagé et qu'il se cherche un abri dans les régions obscures. On peut aussi proposer une explication plus secrète : les journaux nous parlent toujours de l'effet de serre. Ils nous promettent le désert. Nous conjurons peut-être l'horreur des apocalypses torrides en rêvant de brumes, de givres et de glaces !

Les neiges de la nuit

Toutes les neiges ne sont pas les mêmes. Mes préférées sont celles de la nuit. Elles sont timides. Elles tombent en cachette, pendant mon sommeil et, le matin, quand je pousse mes volets, le jardin a été emporté. Un autre jardin a été déposé à sa place. Des ouvriers ont travaillé pendant que la terre reposait : ils ont déménagé les allées, les haies de buis, le banc de pierre et les glycines du dernier automne. À la place, ils ont installé des tonnes de neige et des girandoles, du blême et du scintillant, des complications de cristal, des blancheurs bleues et de l'or.

Une géographie clandestine, douce et de satin, a aboli la géographie épaisse, bariolée et irrévocable des livres scolaires, des douaniers, des rois et des journaux. De vos souvenirs, il ne demeure rien. Il n'y a plus de rose des vents. Vous ne savez plus qui vous êtes et vous n'êtes jamais né. Vous avez poussé une porte et vous êtes tombé dans un pays qui n'existe pas. L'horloge s'est endormie. Elle ne sonne plus les heures. Vous avez tous les siècles de l'Histoire à votre obéissance. Bientôt, dans ce chemin creux, vous verrez cahoter les carrioles des rois fainéants. Ensuite viendront des guerriers germains, avec leur odeur d'ours et de futaies. Un peu plus tard arriveront les pingouins, les chasseurs de mammouths, les caribous et les loups de James-Oliver Curwood, et vous apercevrez, dans les Apennins, à Canossa, l'empereur Henri IV d'Allemagne en train de piétiner dans la neige de vos livres d'école. Les soldats de Napoléon sont à peine discernables, dans tout ce blanc, mais on devine qu'ils sont en train de mâchonner, entre la Moskova et Smolensk, les entrailles de leurs chevaux.

Les flocons de la nuit fabriquent des démons et des merveilles. Ils voilent le temps qui passe. Ils aiment mieux celui qui ne bouge pas, et toutes les neiges sont d'antan, et toutes les neiges sont au bois dormant. « La neige sent la pomme, comme autrefois », dit Ossip Mandelstam.

Elle a un autre talent : elle abolit le visible qui est insignifiant et elle donne à voir l'invisible qui est l'essentiel. D'un côté, elle occulte les paysages, de l'autre, elle les révèle. Et révèle plus qu'elle n'occulte. Elle ensevelit et elle exhume en même temps. Elle ne couvre pas, elle découvre. Quand s'abaisse le rideau de la neige, ce n'est pas pour dire que le spectacle est fini. C'est pour annoncer qu'il commence.

En l'espace de quelques heures, la nuit a démonté le décor et en a disposé un autre. Elle a offusqué les couleurs et les formes de notre habitude, de nos paresses. En échange, elle a déployé des décors et des beautés que nous n'aviserions jamais sans son concours. Elle a assuré la gloire de l'infime, de l'interdit, de l'inaperçu.

Sur le suaire où meurent les sons, je surprends tout ce qui, dans le soleil, est escamoté. La neige tient les archives de l'indiscernable. Des animaux plus légers que des anges, modestes et comme transparents, ont fait les cent pas quand la terre reposait. Je découvre des épopées d'insectes ou d'oiseaux, des grandes invasions de musaraignes, de mulots, de cafards, et le vent a gravé ses rêves de vent. Cette nuit, sous mes fenêtres, des inconnus ont fait leurs cabrioles, des chats de contes de fées, des belettes et des souriceaux de Ma Mère l'Oye, des trolls et du vide, des tonnes de vide... La neige a écarté le voile du tabernacle : nous voyons luire le rien.

Si on est d'humeur pensive, et la neige, toujours, pousse à la rêverie philosophique, on se dit alors que l'homme éveillé ne discerne, de la beauté des choses, qu'une frange dérisoire, une illusion ou un reflet, un rai de lumière sous la porte. Le vrai réel est trop farouche pour s'étaler. Le vrai réel est une pellicule photographique que seule la « chambre blanche de la neige » sait développer.

La mort est peut-être une neige. Elle illumine les paysages que la vie, avec ses gros soleils, ses chamarrures et ses tohu-bohu, nous dérobe. C'est pourquoi la neige nous émeut : comme le fait la mort, elle nous ouvre les portes de l'innommé, elle nous apprend à en lire les silencieuses signatures.

C'est une grande leçon : les choses subtiles

ne sont pas faites pour nous. Elles passent sous notre lorgnon et nous ne les voyons pas, à moins que nous ne commencions par écarter les lourdes couleurs, les battements de tambour et les agitations dont sont aveuglées nos journées, un peu comme les étoiles ne brillent qu'après que le ciel est noir.

Telle est la neige qui tombe durant les nuits, et qui nous enchante au matin. Mais il ne faut pas être sectaire, pas plus en matière de climat que de religion ou de politique, et j'ai dû consentir, voici quelques années, qu'il est d'autres neiges estimables, et même celles qui tombent en plein milieu du jour.

En ce temps-là, je me promenais dans les Alpes. J'arrivais d'une Italie ensoleillée. Un train m'a déposé très tôt, le matin, dans la gare de Lucerne, alors que tombait une neige épaisse, onctueuse, délectable et entêtée, bien décidée à faire savoir qu'elle ne s'arrêterait jamais de tomber.

J'ai suivi des rues moelleuses et des labyrinthes, des avenues pareilles à des souvenirs. J'ai croisé des spectres, des silences, des vieillards perdus, des enfants de Charles Dickens et d'Andersen, de Breughel l'Ancien. Les femmes étaient belles et toujours en fuite. J'ai aperçu des sourires au moment qu'ils s'en allaient dans la blancheur. À la nuit, j'ai repris le train. La neige descendait encore sur la cité et elle allait tomber pendant quelques millénaires. Lucerne n'était plus en Suisse. Elle était je ne sais où. Elle était éternelle, muette, lente, mourante et vivante toujours. Elle ne connaissait ni le printemps et ni l'automne. J'ai rangé cette Lucerne-là de côté, sous mes paupières closes, résolu à ne retourner jamais dans cette ville, tant je craignais d'apprendre qu'elle est également capable, comme toute chose en ce monde, de produire du soleil, des fleurs de cerisier et des roses fanées. Je savais bien qu'il existe une autre Lucerne, avec des saisons et des horloges. Mais je ne voulais connaître que ma Lucerne froide et ses atours d'hypnose, sous les patientes neiges qui n'ont jamais commencé et qui ne finiront pas.

Aquilons et zéphyrs

Cet été, je suis allé voir un vent. Ce n'est pas un gros vent. Dix kilomètres de long à tout casser. Il réside sur les bords d'une rivière, la Bléone, qui est un affluent de la Durance. Il ne paye pas de mine mais il me plaît car il est modeste, consciencieux et régulier. Il se lève tous les matins à cinq heures et demie. À huit heures et demie, il a fichu le camp. Pendant ses trois heures de présence, il flâne. Il fait son travail de vent. C'est un touche-à-tout. Il ébouriffe une glycine, il détache un pétale de rose ou de réséda, il fait un bruit de confidence, il transporte un insecte d'une plante à une autre, il ramasse un rien de pollen et va le répandre à dix pieds de là. Il fait penser à un chat qui vous dit bonjour le matin, vous frotte la jambe et retourne à ses sommeils. J'ai voulu savoir son nom et j'ai consulté le beau livre d'Honorin Victoire, *Petite encyclopédie des vents de France*, qui recense cinq cents vents.

Eh bien, mon vent n'y figure pas. C'est un peu triste : voilà une brise qui fait tout ce qu'elle peut et elle ne mérite même pas une note de bas de page : pas de nom, pas de famille, pas de généalogie ! Tout est imaginable : est-ce un vieux vent fourbu, un vent élimé par les ans, un reste ou un brimborion, une ruine de vent, comme on parle des ruines de Troie ou de Carthage ? Ou, au contraire, est-ce un Hercule au berceau, un adolescent en pleine croissance, et qui, tout en caressant nos salades, songe à des avenirs fabuleux ? En tout cas, moi, j'y songe.

Je lui prédis une brillante carrière. Je suis sûr que, dans quelques millions d'années, il sera illustre comme un mistral, comme un autan ou une tramontane, comme un sirocco. Et si on attend un peu plus longtemps, pourquoi n'entrerait-il pas dans la famille de ces grands vents barbares qui firent tourner les bateaux autour du cap Horn, qui inventèrent la Micronésie et qui engloutirent des Armadas comme on gobe une huître. Ou bien rejoindra-t-il la bande des vents de l'Ouest, ces furieux qui vocifèrent dans les hauts du ciel comme vocifère la mort, les Cinquantièmes hurlants, les Quarantièmes rugissants que le poète Saint-John Perse a si bellement racontés ? « C'étaient de très grands vents, sur toutes faces de ce monde, de très grands vents en liesse par le monde, qui n'avaient d'aire ni de gîte, qui n'avaient garde ni mesure, et nous laissaient, hommes de paille, en l'an de paille sur leur erre... Ah ! oui, de très grands vents sur toutes faces de vivants ! »

Un peu lyrique, un peu ample, pour un vent de rien du tout, pour un vent « de proximité », le somptueux poème de Saint-John Perse ? J'en ai conscience. Mais il faut être ambitieux, que diable, quand on est un vent ! Et pourquoi ne deviendrait-il pas tout simplement, une fois délaissé les rives de la Bléone, une mousson ? Il ne faut pas oublier que la mousson souffle aussi au Sri Lanka. Et le Sri Lanka, qui possède du reste une dent de Bouddha, a profité de ces moussons pour construire en l'an 250 avant J.-C., en somme au temps du roi Devanampiyatissa, des hauts-fourneaux carabinés qui produisirent les plus beaux aciers du monde. Ces aciers forgés au souffle de la mousson furent à l'origine des terribles épées de Damas. Et la face de l'histoire en fut changée.

Il est curieux comme les historiens, toujours à l'affût de nouveaux objets, sont peu sensibles au vent. Cette distraction est extraordinaire. N'est-il pas clair que les aquilons et les zéphyrs, les kornogs ou les vents qui gèlent la Bretagne l'hiver, les écorches du Nord, les borées, les bises ou les horzains, les fœhns, sont de grands acteurs de l'Histoire ? Sans eux, la terre serait triste et morte, et comment la mer s'y prendrait-elle pour faire des vagues ? Si les Grecs d'Asie mineure ont fondé, au VIe siècle avant J.-C., les cités de Marseille et d'Antipolis, c'est qu'un vent polaire continental les a poussés de Phocée en Provence et ce vent mérite le nom qu'on lui donne en Camargue, le grégal, le grec. Vingt siècles plus tard, l'amiral portugais Pedro Cabral quitte Lisbonne. Il veut se rendre aux Indes orientales, mais une tornade emporte son escadre et il découvre le Brésil. Il est vrai que les historiens aiment bien les choses qui se touchent, qui se pèsent et qui se voient : les rois, les révoltes, les batailles, le commerce, alors que le vent ne se voit pas et ses empreintes s'effacent comme elles se font.

On ne sait pas ce que devient un zéphyr après qu'il s'est en allé. Certes, au moment où il souffle, on l'entend, on le subit, mais on le repère seulement par ses bontés ou par ses ravages, un peu comme, dans un film, on devine le passage de « l'homme invisible » quand des objets changent de place tout seuls. Indiscernable, transparent et comme inexistant, le vent est un néant qui bouge mais ce néant est infini et le prophète Élie, quand il entend une voix « de fin silence », sait que l'Éternel passe et il s'enveloppe le visage de son manteau. Comment mesurer cette absence ? Il y faut des délicatesses. Les historiens ne sont pas équipés pour étudier ce qui n'existe pas. Et comment sauraient-ils déchiffrer les archives des vents perdus ?

La vache automatique

Deux ingénieurs anglais en avaient assez de voir mourir les vaches. Ce massacre des innocentes les écœurait et ils se demandaient comment les hommes pourraient survivre si les bœufs s'en allaient. Ils pensaient tout le temps à ce poème invraisemblable qu'Apollinaire écrivit, près d'un siècle avant que les vaches soient folles : « Le pré est vénéneux mais joli en automne / Les vaches y paissant / Lentement s'empoisonnent. »

À force de penser à ce poème prophétique, les deux ingénieurs ont eu une idée. Ils ont inventé une vache qui ne meurt pas. C'est une vache en bois. Son ventre contient des petits moteurs. Sa queue balance et sa tête hoche, ce qui lui donne un air philosophique. Quand on la pose sur une colline, parmi le thym et la rosée, elle n'est pas contrariante, elle fait mine de mâchonner l'herbe et la prairie devient belle.

Il ne faut pas dire du mal de ces deux Anglais. Leurs intentions sont bonnes. Ils se sont mis en tête de sauver la civilisation du bovin, qui est la nôtre. Les esprits chagrins objecteront que personne ne se laissera prendre à de si pauvres stratagèmes. Pas si sûr ! La vache en bois est vénérable.

Les Grecs, qui ont tout inventé, ont aussi inventé la vache artificielle. Son créateur s'appelle Dédale, un fort bricoleur, que la reine de Crète, la belle Pasiphaé, fille du Soleil et femme du roi Minos, un beau matin, vient trouver. Pasiphaé explique à Dédale qu'elle a un souci. Elle a vu un taureau blanc qui gambadait au bord de la mer Méditerranée. Et comme ce taureau est très joli, Pasiphaé l'aime. Elle en est toquée. Elle supplie Dédale de façonner une vache en bois. Dédale n'y comprend rien mais il façonne la vache. Il l'installe dans un pré. Le beau taureau passe par là et aperçoit la fausse vache. Est-ce qu'il la trouve belle ? Ovide et Apollodore ne le disent pas, mais enfin c'est une vache, et l'on sait comme sont les taureaux. Dès qu'ils en voient une, il faut qu'ils lui sautent dessus. Une qui est bien contente, c'est Pasiphaé, qui avait pris la précaution, au préalable, de se faufiler dans le ventre de la vache en bois, et qui est entièrement nue. Le taureau lui fait l'amour, c'est un régal. Apollodore écrit : « Dédale fabriqua une vache en bois montée sur roues, en creusa l'intérieur, adapta sur son dos la peau d'une vache écorchée. Il la plaça dans la prairie où le taureau avait coutume de paître. Pasiphaé prit place à l'intérieur et le taureau s'unit à elle comme à une vache véritable. »

La suite est moins souriante. Pasiphaé se mord les doigts car, de son bonheur extrême, va naître un individu regrettable, le Minotaure, moitié homme, moitié taureau, et qui mange tous les neuf ans des jeunes gens et des jeunes filles, ce qui prouve que les bovins, bien avant les farines animales, étaient des carnivores, mais que ça ne leur réussissait pas, car ce Minotaure est un peu fou. De son côté, le roi Minos s'affole. Il ordonne à Dédale de construire un labyrinthe et il met le Minotaure dedans. Toute l'affaire se termine mal, surtout pour le taureau, que Thésée vient tuer.

Les vaches en bois des deux ingénieurs britanniques sont moins mythologiques que celle de Dédale mais elles ont leur mérite. Elles nous disent que l'homme ne vit pas seulement de steak. Il vit d'enfance, de souvenirs et de temps. Or, il est avéré que deux véhicules sont particulièrement habiles à retrouver le temps perdu. Le premier de ces véhicules est la petite madeleine que Proust grignote quand il a envie de penser aux douceurs de Combray et à la tante Léonie. Le deuxième est la vache. Celle-ci trompe son monde : elle fait semblant d'être un bidon de lait mais ce n'est pas vrai. La vache est une grosse « madeleine » de Proust, voilà tout, et c'est dans les colchiques de nos enfances, dans les images de nos livres d'école qu'elle broute. En paissant son herbe, en déposant ses tendres bouses dans nos mémoires, c'est notre passé qu'elle rumine. Elle rouvre la porte du festin ancien. Elle nous reconduit dans une maison oubliée, entre un grand-père, une lampe Pigeon et les rigoles de la pluie sur les vitres des vieux étés.

Ces deux ingénieurs anglais sont de leur temps : nous sommes friands de simulacres. Dès que nous découvrons une grotte aurignacienne, vite, nous la refermons et nous creusons à côté une grotte pareille. Même chose pour Bernadette Soubirous : les Américains ont bâti une source de Lourdes, dans l'État du Nevada, car deux Bernadette valent mieux qu'une, et il est sage d'en avoir une de rechange, pour le cas où la première tomberait en panne. Il paraît que la fausse grotte de Lourdes a les mêmes vertus que la vraie, mais qu'elle marche un peu moins bien : elle ne guérit que les maladies fausses. Les vaches automatiques sont comme la Lourdes américaine. C'est pourquoi je reste sur mes gardes : dans le monde de clones, de simulacres, de leurres et de ressassement où nous voici entrés, je consens qu'on remplace une tour Eiffel par sa réplique en allumettes et Claudia Schiffer par une femme automatique. Mais si l'on touche à mes vaches, alors je m'inquiète, et je crains que la beauté ne quitte les choses.

L'âne de Beaumarchais

Il est temps de parler des ânes. Les journaux nous racontent des tas de choses sur l'Indonésie et sur la Galilée, mais les ânes, leur tour n'arrive pas souvent. Le cheval est mieux favorisé. Il a raflé toute la mise car il a du lustre. Le dimanche, il va aux courses. Il est distingué. Les humains mettent de belles culottes et des jolis chapeaux pour lui monter dessus. L'âne n'a pas le même panache. On l'appelle bourricot. Sa robe est une serpillière. Il est rabougri et, pour comble, le cuir qu'on fait avec ses fesses se nomme « chagrin ». Si j'étais un âne, je ferais une émeute.

En attendant, je trouve que la raréfaction de l'âne dans nos campagnes est une tristesse. Nous avons fait tant de choses ensemble, les Pyramides, les mines, les norias, le blé, les promenades enrubannées de la comtesse de Ségur. En plus, il a du caractère. Malgré sa courtoisie, il ne transige jamais sur les principes. Dans la Bible, une ânesse interdit à son maître, le devin Balaam, de bloquer le peuple d'Israël quand celui-ci approche de la Terre promise. Ce jour-là, nous avons frôlé le désastre : si l'ânesse n'avait pas décoché à Balaam quelques ruades, les juifs n'auraient jamais pu entrer dans la Terre promise et cela aurait fait un gros embrouillamini dans la Bible ! Et même dans l'Histoire ! Il eût fallu tout reprendre de zéro.

En récompense, on lui a donné le droit de souffler sur l'Enfant Jésus dans la crèche. C'est agréable, d'accord, et même flatteur, mais il ne faut pas exagérer et puis ça ne dure pas. Pour le reste, que d'avanies ! Isabelle la Catholique, quand elle brûle une sorcière, la colle toute nue sur un bourricot pour ajouter au supplice une humiliation. Les instituteurs coiffent les cancres d'un bonnet d'âne. L'âne est voué à l'ombre. On ne lui concède qu'une seule vertu, il est vrai, de taille : une invraisemblable allégresse sexuelle.

Quelques intellectuels se sont portés à son

secours. Buffon est furieux : « L'âne n'est pas un cheval dégénéré... Pourquoi tant de mépris pour cet animal si bon, si sobre, si patient ? » Les savants qui accompagnent Bonaparte en Égypte, en 1798, sont tous montés sur des ânes et, quand la troupe est attaquée, on pousse ce cri réjouissant : « Au centre, les ânes ! »

Les kabbalistes juifs découvrent que le nom de l'âne contient les mêmes lettres que le mot matière. Ils en concluent que l'âne est le maître des secrets et ils ont bien raison : l'âne a tout compris. S'il est bête, c'est comme l'Idiot de Dostoïevski, qui est génial. L'âne sait tout. Il est si intelligent que je doute s'il trotte dans le même monde que nous. Il fait semblant de partager notre maison mais il vient d'ailleurs. Il traverse poliment nos géographies, sans faire de bruit pour ne pas nous offenser, mais il n'appartient pas à nos saisons. Bien sûr, depuis le temps qu'il est un âne, il a compris que les choses ne vont pas trop bien pour lui, mais il « fait avec ». Sa tactique est subtile. Elle excède nos cervelles d'hommes : l'âne est soumis et glorieux ensemble, résigné et irréductible, esclave et souverain, défait et vainqueur. Il gambade en catimini dans des printemps où nous ne sommes point. Dans la trame du temps, il a trouvé un accroc. Il s'est faufilé par cet accroc. Il s'est sauvé du temps. Et, sur ses jolis sabots, il trotte dans des prairies où ne sonne point l'heure.

Si nous le frappons, il nous regarde d'un œil incrédule et si beau, avec de l'or, de la nuit. Il n'est pas en colère. Il a de la compassion plutôt. Il ne nous blâme pas. Il nous constate. Il voudrait nous aider à être moins vindicatifs. Il nous console de nos vilenies. Il dit : « Ne vous en faites pas. Ce n'est pas votre faute. Vous êtes comme ça, mais ça changera. C'est un mauvais moment à passer, une mauvaise éternité. Ensuite, ça ira mieux... » On aura compris que l'âne est un prince.

Au pire de la Révolution, Beaumarchais voit un âne très affamé qui essaie de brouter la paille qui sort des sabots de sa conductrice. Beaumarchais achète des légumes et les donne à l'âne. Quelques jours plus tard, Beaumarchais est recherché par la police. Sa vie ne tient qu'à un fil. Il s'enfuit. Dans la nuit, il aperçoit une lumière et cogne à la porte. Un paysan hurle :

« Ah bien oui, à une heure pareille ! » et ferme le loquet. Beaumarchais est perdu ! À ce moment-là, un âne se met à braire et une voix de fille crie : « Ah, père ! Ouvrez ! C'est le bon monsieur qui a donné du foin à notre âne. » Beaumarchais ne sera pas guillotiné. Un âne l'a sauvé.

À Verdun, des monceaux de soldats ont été tués. Ils ont été enterrés. Des monceaux d'ânes ont été tués. Ils n'ont pas été enterrés. Le peintre corrézien Raymond Boissy s'indigne. Il voudrait qu'on élève un monument à « l'âne inconnu », et pourquoi pas ? Ces ânes, on les faisait venir par dizaines de milliers du Maroc car, là-bas, ils sont menus et costauds. Ils pouvaient filocher dans les tranchées avec cent cinquante kilos d'obus dans leurs paniers. Blessés, on les abattait. La terre de Verdun est saturée d'ânes morts. Elle est pleine de charniers d'ânes. On y entassait les corps des si gentilles bêtes, leurs petites cuisses cassées, leurs petites pattes raides, leurs yeux.

Navigateurs solitaires

Je n'ai rien contre les navigateurs solitaires. Ce sont des bricoleurs de première. Si un coup de chien casse un mât, vous croyez qu'ils tremblent ? Pas du tout : ils fouillent leur bateau, trouvent des balais, des cordes et une échelle. Ils font une épissure, ça fabrique un mât, et ils proclament que la vie est belle. C'est dire comme ils sont forts. Je me permets pourtant de leur faire deux menus reproches, et voici le premier : le « solitaire » pullule. Il en sort de partout. On dirait des fourmis. On ne peut plus faire un pas dans les Quarantièmes rugissants sans se cogner à un solitaire. Dès qu'on soulève un alizé, on en voit quelques-uns et la moindre mousson en contient une quinzaine. Or, il me semble qu'il n'est pas trop raisonnable, quand on est un solitaire, de pulluler. Et qu'il serait urgent de choisir : ou bien on est un solitaire, ou bien on pullule.

Et il y a plus grave : les trimarans sont des engins magnifiques. Avant leur départ, les solitaires y stockent du lait en poudre et du corned-beef mais également des ordinateurs, des radios, des télévisions, des balises, une Silicon Valley, des Internet et des e-mails, si bien que, même s'ils voulaient se perdre – et ils ne le veulent pas – ils n'y arriveraient pas. Il faut les comprendre : comme ce sont des âmes sensibles, ils paniquent dès qu'ils nous perdent de vue. Ils n'ont pas fait un mille marin qu'ils prennent leur petite caméra. Ils disent : « Moteur action ! », et ça y est ! Ils s'enregistrent et, nous autres, ceux de la terre, chaque fois que nous ouvrons la télé, un homme ou une femme mouillé nous dit bonjour.

Ils sont collants, les solitaires, et bavards comme des mouettes ! Ils parlent tout le temps, ils nous disent tout ce qu'ils voient – un poisson, des baleines, un nuage pourpre, et des choses plus extraordinaires encore : un Soleil, une Lune, de l'eau. Ils se régalent. Dans les bons jours, quand la mer calmit, ils nous sortent un vague à l'âme, un spleen. Ils se demandent si Dieu existe et, généralement, ils ne savent pas.

Quant à moi, je me forme une autre idée du voyage. Je le voudrais comme une perte, un égarement. N'est-ce pas ainsi qu'il se pratiquait jadis et ça marchait très bien : on allait sur les quais de la Joliette. On regardait celui qui s'en allait. Une sirène annonçait la fin du monde. Le type en partance devenait de plus en plus petit. Bientôt on confondait toutes les têtes au-dessus du bastingage et on ne savait même plus qui on avait accompagné au bateau. On tirait de sa poche un mouchoir et on pleurait au hasard. Mais aujourd'hui, comment voulez-vous agiter un mouchoir et faire des larmes quand s'en vont des gens qui jacteront dans la télé deux heures plus tard ?

Quelle différence avec les voyages des temps classiques ! Là, on ne faisait pas les choses à moitié : si on partait, on ne donnait pas de ses nouvelles le lendemain. On s'abolissait, on tombait dans une trappe, dans du rien. On n'était pas dans un pays lointain. On était dans l'absence de tout pays. Et quand, trois ans plus tard, le voyageur poussait la porte, de sa main hâlée par les souffles du rien, et dégoulinant encore du néant qu'il avait fréquenté, c'est alors, seulement, qu'il commençait à nous dire ses souvenirs. Mais il avait beau remplir sa longue errance de toutes sortes de trucs – des girafes, des Dogons et des odeurs de Calicut – rien à faire, c'est bien dans des contrées inexistantes, en bordure des songes, qu'il était allé.

Durant son exil, il nous avait envoyé plusieurs lettres. Mais, ces lettres, parlons-en ! Loin de rétrécir les espaces, elles les faisaient infinis. Déjà, l'aspect de l'enveloppe était éloquent : elle portait des timbres pleins de tampons, et on comprenait qu'elle avait été jetée dans une poste en perdition, dans un village de poussière rouge où le facteur ne passe que par inadvertance, et qu'ensuite, elle avait accompli son périple, dans des trains en panne et des gares disparues, et qu'elle avait traînaillé exprès, de manière à se gorger de temps et à permettre aux aventures décrites dans la lettre de mûrir, de se culotter, de s'enduire des scintillantes poussières du lointain. Ces temps sont bien partis : comment voulez-vous qu'un fax mûrisse et qu'il se nimbe de poésie ?

L'autre avantage est que le voyageur, quand il revenait de son grand pays muet, pouvait raconter n'importe quoi. Un bon voyage est une malle au trésor. Quand le pérégrin ouvre cette malle, devant les enfants extasiés, il en tire de l'or philosophal, du mensonge, des nuages, des iguanes et des seins de sirène. Imaginons un instant que les grands navigateurs du passé, ceux qui ont fixé les profils de la terre, aient été, comme nos « solitaires », reliés à Palos ou aux quais du Tage, en permanence, par fax, par e-mail, et interdits de mensonges, de mythes et de fables, c'en était fait de la poésie du monde : Pythéas n'aurait découvert ni le pôle Nord ni l'Islande. Marco Polo n'aurait pas vu les trois quarts des Merveilles qu'il a vues. Le charme du voyage est la chimère avec laquelle, au retour, on comble le bel abîme noir. Encore faut-il que le voyageur aime la solitude et qu'il sache se perdre.

Hirondelles rustiques

Les hirondelles rustiques se sont tâtées tout l'hiver. Elles attendaient que la bise arrive pour migrer vers le sud, mais la bise n'est pas venue et elles se sont trouvées fort dépourvues. Ce faux bond de l'hiver leur aigrissait le caractère. Elles poursuivaient cependant, dans la douceur des aubes, leurs préparatifs de départ. Elles se gavaient de moucherons, comme le font tous les migrateurs, de manière qu'une bonne graisse les emmitoufle. Elles devinrent grassouillettes, mais ça leur faisait une belle jambe si la migration était toujours remise au lendemain. Elles effectuaient quelques exercices d'échauffement, comme chaque automne : elles décollaient, elles décrivaient trois voltes, elles revenaient au nid, belles et enluminées de tous les bleus du ciel, et elles attendaient l'ordre de départ. Mais cet ordre n'était jamais donné car les chefs avaient des soucis. Ils étudiaient l'horizon : chaque nuage était interrogé. Une des hirondelles, moins rustique que ses compagnes, se remettait en mémoire les dictons paysans sur les saisons. Une autre, spécialisée dans les vents, testait tous les zéphyrs et tous les aquilons, mais le froid jamais ne venait.

L'hiver fut long. Deux écoles s'affrontaient. Les « modernistes » disaient que la loi doit s'adapter aux circonstances. Les autres, les « conservatrices », ricanaient : « Plaisante loi, disaient-elles, qui devrait succomber au premier embrouillamini des saisons ! Parce que l'hiver et le printemps se conduisent mal, il faudrait que nous jetions au feu toutes nos traditions d'hirondelles rustiques ! » Elles écumaient. Elles invoquaient les desseins de Dieu, la sagesse des grands-mères, la Genèse... Les plus érudites citaient Buffon, Linné, Cuvier ou Darwin, tous d'accord pour dire qu'elles doivent foncer vers le sud dès les premières gelées.

La discussion fut vive. Certaines hirondelles, de peu de cervelle, voulurent voir dans ces désordres des saisons l'annonce de malheurs extrêmes. Elles rappelèrent que la civilisation des hirondelles rustiques s'est constituée autour de ce voyage annuel. Elles défendaient l'idée qu'un oiseau migrateur doit migrer, faute de quoi il n'est plus un migrateur. Cette réflexion si simple cloua beaucoup de becs. Elle fit mouche sur les oiseaux. Mais déjà, on voyait le bout de l'hiver. Et on n'avait pas décollé.

En mars, une brève espérance brilla. L'hiver détenait encore un peu de neige dans ses réserves. Il en saupoudra plusieurs collines. Ce fut un beau charivari chez les rustiques. Elles piaillèrent. Les plus têtues se dirent résolues à prendre l'air, bien qu'il fût un peu tard. Mais le jeu en valait-il la chandelle ? Le printemps était là : allait-on se gaver de nouveau de graines, et s'imposer un long voyage pour arriver, épuisées, dans les pays d'Afrique, y passer quelques jours et regagner la France en catastrophe, pour ne pas rater les narcisses et les jonquilles ?

Il y eut des conclaves, des séminaires, des prises de bec. Finalement, le 22 avril, un soleil radieux mit tous les plaideurs d'accord : l'hiver était vraiment fini. Les chefs donnèrent leurs ordres : on défaisait les bagages, on ne partait pas. La migration était annulée.

De cette aventure, quelques-uns concluent que les hirondelles rustiques sont futiles. Voilà une injustice ! Depuis un demi-siècle, les historiens modernes, ceux de l'école des Annales (Febvre, Braudel, Le Goff), nous ont enseigné qu'en marge de l'histoire traditionnelle, celle d'Ernest Lavisse (les sacres, les guerres, les élections et tout ça), d'autres forces sont à l'œuvre qui transforment les sociétés – par exemple les inventions techniques, la lente inflexion des mentalités, les décours de la vie quotidienne.

Les hirondelles rustiques sont de l'avis de Braudel et de Le Goff. Même, elles le dépassent. Elles poussent leurs analyses plus loin. Elles murmurent que d'autres forces, plus souterraines encore, conduisent l'aventure des peuples. Elles citent les changements de climat, la dérive des continents, l'incertitude des vents ou le déplacement des forêts, les incohérences des nuages. Sans doute, elles voient juste : ce que nous appelons Histoire n'est qu'un graffiti crayonné dans les vides d'un texte inconnu : celui que calligraphient la terre, les plantes, les fleuves, les océans. Encore faut-il savoir déchiffrer ce manuscrit, qui est mal lisible.

C'est ici que les hirondelles font merveille : comme tous les animaux, comme les plantes aussi, elles nous communiquent aimablement leurs savoirs. Nous sommes des aveugles, et les hirondelles nous éclairent. Quand elles annulent, comme elles viennent de le faire, une migration qui était immuable depuis le début des temps, elles nous disent quelque chose. Et il faut les écouter, même si nous ne comprenons pas très bien ce qu'elles racontent. Elles sont les scribes de ce qui sera, non de ce qui fut. Du haut de leurs ciels, elles voient des horizons qui ne se déploieront que demain, un peu comme les hommes de vigie, grimpés sur leur grand mât, pressentent les chances d'une accalmie ou l'approche des gouffres.

Mémoires de perroquet

Les guerres sont comme les cathédrales : elles ne sont jamais finies. Il y a toujours un clocheton effrité, quelques cadavres remontés de leurs charniers, une gargouille à consolider. Dans le colin-maillard du temps, toutes les guerres ne sont pas aussi douées. La plus têtue est celle de 1914. C'est une guerre bouchée à l'émeri : les clairons lui ont annoncé, voici quatre-vingts ans, qu'elle était terminée, mais elle n'a rien compris. Elle poursuit ses forfaits : un obus tiré en 1916 atteint sa cible après un siècle de voyage, et tue un enfant dans son château de sable. À l'allure où vont les déminages, le sol de la France sera désinfecté de 14-18 dans sept cents ans. Géographie et histoire ne se distinguent pas : « L'histoire, dit Élisée Reclus, n'est que la géographie dans le temps, comme la géographie n'est que l'histoire dans l'espace. »

Quand le boxeur Alphonse Halimi devint champion du monde poids coq, en 1957, en battant un Anglais, qui s'appelle bizarrement Turpin, comme l'archevêque, il lève les bras au ciel. Il crie : « Jeanne d'Arc, tu es vengée », et dans le village allemand de Keiserbach, chaque soir, le garde champêtre bat le tambour car la femme du bourgmestre s'est égarée dans la forêt à la fin du Moyen Âge, en 1452. Les recherches jusqu'ici sont restées vaines mais on ne va pas se décourager, c'était une si bonne personne. En Angleterre, un procès ouvert en 1232 s'est achevé en 1959, au contentement des deux parties. Et Don Quichotte, quand il aperçoit une auberge pouilleuse de la Manche, comprend tout de suite qu'elle n'est qu'un palais du temps d'Amadis de Gaule.

La tuerie qui ensanglanta en 1999 la Serbie et le Kosovo n'était que la continuation de la bataille « du champ des Merles » – juin 1389 – à la fin de laquelle le chef des Serbes plongea son poignard dans le cœur du chef des Turcs, juste avant d'être tué à son tour par les soldats turcs.

Au début du XIXe siècle, les ingénieurs anglais déterminent l'écartement des rails de chemin de fer, leur choix est excellent. Il va faire école pour toute l'Europe (moins l'Espagne). Plus tard, on s'avise que l'écartement des rails anglais est le même que celui des chariots de Rome. Et que les chariots romains avaient le même écartement que les chars qui circulaient, deux millénaires avant Jules César, dans la Babylonie.

Dans les années cinquante, j'ai habité au Brésil, São Paulo. En face de mon appartement, rua Barão de Tatuy, un perroquet juché sur une fenêtre jacassait. Un sacré bavard. Ses plumes pendouillaient. Il était mal poli. Il insultait les passants, et moi aussi tant qu'à faire. Il usait d'un très mauvais portugais, un portugais de vieillard, des phrases sans queue ni tête, des mots en loques, des trous, des pataquès, mais j'ai fini par comprendre son baragouin. Il parlait de batailles et de canons. Quand il était au bout de son vocabulaire, il faisait des pétarades, assez ratées du reste, et qui évoquaient des coups de fusil. Il y ajoutait quelques cris de guerre, des cris étranglés, les cris d'une guerre défunte.

Je n'ai jamais répliqué à ce volatile vindicatif. Il méritait mon indulgence : au soir de sa vie, il rejouait pour lui tout seul, dans le soleil de craie de la rua Barão de Tatuy, sa folle jeunesse, quand il était un perroquet rutilant, brillant et téméraire, qui accompagnait son maître dans une guerre livrée à la fin du siècle précédent, au Paraguay. La guerre du Paraguay était finie. Le maître du perroquet était enterré et les enfants de ce maître et ses petits-enfants aussi, mais lui, le perroquet en haillons, était le dernier témoin et il accomplissait son devoir tant bien que mal, il était gardien de la mémoire, il était un bon historien, perclus, débraillé et intraitable.

Longtemps, je me suis demandé si je n'avais pas inventé, sans le faire exprès, toute cette histoire, jusqu'au jour où j'ai lu, dans Chateaubriand, une anecdote semblable et plus perfectionnée : « Des peuplades de l'Orénoque, lit-on dans *Mémoires d'outre-tombe*, n'existent plus. Il n'est resté de leur dialecte qu'une douzaine de mots prononcés dans la cime des arbres, par des perroquets devenus libres, comme la grive d'Agrippine gazouillait des mots grecs sur les balustrades de Rome. » Ce qu'un autre très grand écrivain, William Faulkner, dit à sa manière rugueuse : « Tout est à présent, comprends-tu ? Hier ne finira que demain et demain a commencé il y a dix mille ans. »

C'est ce que murmurait déjà cette « Roue de fortune » qui règne sur les cathédrales gothiques et qui dit que le temps n'est que la dévoration du temps par lui-même. Woody Allen, quand il lit, dans Nietzsche, la théorie de l'éternel retour, s'affole : « Ça veut dire qu'il faudra que je retourne voir *Holiday on Ice* ? » En mai 2001, on a enterré au Gorre Cemetery de Beuvry, près de Béthune, le soldat gallois Richard Clarke, qui fut tué en 1916. On a inhumé en même temps les restes de deux autres soldats inconnus. Ces trois types étaient tombés ensemble. Leurs os étaient si embrouillés les uns dans les autres qu'on n'a pas réussi à les séparer. Et dans *La Laitière* de Vermeer, le lait que la femme verse dans la jatte coule depuis 1658.

Le protecteur des oiseaux

J'étais au Brésil. C'est un pays à n'en plus finir. Cinq siècles après sa découverte, il continue à nous faire des surprises. Il est malicieux. Il nous sort un colibri nouveau, un résineux qui n'existe pas. Parfois, c'est une cascade monumentale qui attendait, depuis la Genèse, qu'un homme l'aperçoive. J'ai vu des villes : Recife où les femmes noires ont des yeux bleus, à cause des Hollandais de jadis ; Salvador où les maisons sont un peu roses parce qu'on gâchait le ciment avec du sang de baleine ; São Paulo, comme un beau monstre.

J'ai vu des bribes de sociétés. Dans l'État de São Paulo, près de Sorocaba, il y a un village de Noirs, le Quilombo do Cafundo. Voilà cent cinquante ans vivait ici un riche propriétaire qui mourut sans enfants. Il avait un esclave,

Congo, à qui il légua ses terres. En 1970, les descendants de Congo vivaient encore dans des cabanes d'argile et de branches. Ils étaient oubliés de Dieu et de tout le monde.

Un jour, un journaliste est passé par là, et leur vie a changé. On les a aidés à construire des cabanes de briques. Ils possèdent quelques poules maigres. Ils ont voulu me faire entendre un chant. Ça a été toute une affaire. On a convoqué le chanteur. L'orchestre s'est mis en place. C'était un tambourin. Le chanteur ne se rappelait plus les paroles. Il les a cherchées. Ensuite, il a chanté une chanson aussi maigre que les poules : « Je ne bois plus d'alcool. Je ne bois plus que la rosée de l'aurore », mais il a avoué que ce n'était pas vrai : il ajoutait à l'aurore un peu de *pinga.* C'était meilleur, quand même. Il était gai.

Je ne comprenais pas bien ce qu'il me disait : c'est que ce Quilombo-là possède, pour lui tout seul, une langue, le « cucopia ». Un mélange de mots portugais et de mots bantous que leurs ancêtres-esclaves ont réussi à embarquer sur le bateau négrier qui les avait amenés d'Afrique au Brésil, il y a deux ou trois siècles. Le cucopia sert à se dire des choses cachées. Ça permet de se rappeler l'Afrique. Les linguistes ont relevé cent cinquante termes bantous. Ce n'est pas énorme mais c'est pas mal. Quand les villageois prononcent les mots bantous, leurs yeux brillent. On dirait qu'ils caressent des bijoux, des perles. Les savants ont dit que ces cent cinquante mots les « sauvaient de la pauvreté ». Ils les sauvent aussi de la mort. Voici quelques années, on a découvert, dans la montagne d'Éthiopie, deux vieux qui parlaient une langue que personne, dans le monde, ne comprend. Un des deux types est descendu à la ville. L'autre est mort. L'homme ne vit pas seulement de pain. Il vit aussi de mots.

Un peu plus loin, tout près de la mer, à São Sebastião, j'ai vu une tribu indienne, quatre cents personnes dans un débris de la somptueuse forêt atlantique. Et eux-mêmes, les Indiens, ils forment aussi un débris d'une de ces « nations » indiennes que les Européens ont étouffées. Avec les siècles, on s'est lassé de les tuer. Il en reste quelques-uns, dont ceux-là, de São Sebastião. Le vice-cacique a trente-sept ans, une femme, trois garçons et quatre filles minuscules. Du monde occidental, il accepte pour sa tribu une petite aide – une école où l'on enseigne le portugais et le guarani. Rien de plus.

Pour le reste, ils vivent dans les feuillages. Ils parlent guarani. Le chef m'a dit que son peuple est très triste. Il a été trop massacré jadis. On a voulu le faire esclave mais les Indiens ne sont pas des esclaves. C'est pourquoi l'évêque Bartolomé de Las Casas, au XVIe siècle, a conseillé à Lisbonne de laisser les Indiens tranquilles et de faire venir des Africains, qui sont costauds et qui ne meurent pas (ce n'est pas vrai : les Africains mouraient. Ils mangeaient la terre pour mourir. Les propriétaires leur mettaient des muselières en fer, pour les empêcher de se bourrer de terre. Quelques-uns partaient pour l'Afrique à la nage).

Le vice-cacique s'appelle « protecteur des oiseaux » et sa femme « protectrice des nuages ». Il est aimable mais il ne veut rien de nous. Nous avons trop fait saigner. Les historiens européens ont raconté que les nations indiennes, jadis, se faisaient la guerre. Le vice-cacique m'a dit que nos historiens sont des blagueurs. Jamais il n'y eut une guerre. Comment le savait-il ? Son père le lui avait dit. Et son père ? Son père le lui avait dit. De père en père, on arrivait à l'année 1500, et 1500, c'est aujourd'hui.

C'était étrange. Dans cette clairière, à deux pas de la modernité hallucinée de São Paulo, le XVIe siècle clapotait. Je me suis dit que le vice-cacique, s'il refusait les Européens qui ont décimé ses ancêtres, refusait surtout le temps qui passe. Horreur du changement. Ne pas blesser la tranquillité des choses. Pour lui, pour sa nation, le temps est le mal. Toute chose doit rester en l'état. On ne doit pas offenser la Création. Elle est fragile et luxueuse : si on la secoue, elle se ternit, elle se casse. Et les forêts sont si vertes et si contentes avec tous les animaux.

Je regarde le vice-cacique. Il est doux et implacable, il est défait et il est vainqueur, défait et glorieux. Il est le gardien d'un beau Brésil de sources, de palmes et de plumes. L'histoire n'est qu'une efflorescence, un vent sur la prairie, et le vent s'en va, et la prairie demeure. Une des filles du vice-cacique s'est mise à chanter en guarani. Elle avait une voix comme un lac.

La douane

En politique, je ne suis pas bon. Mais je m'y connais assez en frontières. J'en ai passé plusieurs. Elles comptent autant de familles qu'il y a de familles de papillons ou de renonculacées. C'est pourquoi j'en parle avec respect.

Il y a des frontières douces. Entre la Chine et la Birmanie, depuis le traité de 1961, les confins sentent très bon car ils sont matérialisés par des haies de lauriers. Dans ces régions, les contrebandiers sont subtils. Les plus malins franchissent la frontière au printemps, quand les lauriers sont fleuris. La contrebande est alors un délice. Les gabelous sont de bonne humeur. Leurs casernes embaument.

Les douanes n'ont pas toujours de ces prévenances. Le Maroc, quand il s'est pris de querelle avec le Front Polisario, a abîmé les sables du Sahara en leur ajoutant des tas de murs et de guérites. En Asie, entre le Népal et les plaines du Gange, la frontière s'est longtemps confondue avec les pestilences des marais malariens du Teraï. Résultat : les douaniers et les contrebandiers attrapaient le mal de la mort. Ils éternuaient et ils crachaient tous ensemble. Gendarmes et voleurs, ils se retrouvaient dans les mêmes hôpitaux, le cœur en miettes, en attendant de franchir, bras dessus bras dessous, une autre frontière.

Les fleuves font de solides barricades. Mais les cartographes oublient de dire si la frontière suit la rive gauche ou la rive droite. On en conclut qu'elle court au milieu de l'eau, ce qui est imprécis. Il en résulte des guerres paresseuses, humides et molles.

En Amérique latine, les rivières-bornes ont d'autres imperfections : elles confectionnent des méandres et elles se plaisent à améliorer ces méandres jusqu'à ce qu'ils se mordent la queue. À la fin, le méandre se coupe de sa rivière. La vraie rivière, elle, file à cinquante kilomètres de là, et la frontière s'en va avec elle. Les douaniers, qui sont fort distraits dans ces solitudes, ne s'aperçoivent pas que leur frontière a déménagé. Ils montent à jamais la garde devant leur flaque pourrie.

Les montagnes sont plus obstinées que les fleuves : elles ne s'en vont jamais. J'aime les douanes qui veillent aux barrières des Alpes. Elles contiennent un fonctionnaire, des tampons, un poêle Godin, des odeurs de charbon et du givre en hiver. Dans ces abandons, un contrebandier est une fête. Le douanier lui saute dessus, le cajole, le met sur son cœur. Il le verbalise. On fait un brin de causette. On boit une tisane, un café et une soupe. Ensuite, on se dit « à la prochaine ». Le reste du temps est consacré à l'ennui : dans les vitres vont et viennent, d'un pays à l'autre pays, des lapins, des crépuscules et des saisons. Le douanier les laisse filer. Il les contemple. Il est placide.

Entre le Pakistan et la Chine, la frontière est à huit mille six cents mètres. Elle ne sert à rien. Elle ne fait rien. Elle divise une neige d'une autre neige. Les douaniers ont froid. J'ai une petite pensée pour ces surveillants du « rien ». Ils fixent des vertiges. Sur leurs cahiers de douaniers, ils inscrivent des silences, des nuits. Parfois, pour se dégourdir, les deux pays organisent une échauffourée. Les deux artilleries canonnent le néant. Puis, la guerre est finie.

Le douanier ne doit pas être sous-estimé : dans la hiérarchie compliquée des métiers, il l'emporte sur les rois, les archontes et les capitaines. Il faut le ranger parmi les vrais décideurs, parmi les hommes qui gouvernent nos destins. Je le place aussi haut que le facteur, le cantonnier et la sage-femme.

Les cosmographes et les traceurs de frontières appellent la même admiration. Ils font partie des rares humains, avec les prélats du Vatican et les scribes, dont l'action traverse les siècles. Mille ans après qu'ils sont morts, nous leur obéissons encore.

Depuis plusieurs années, la Chine et l'Inde se chamaillent dans les territoires du nord-est de l'Inde. Les négociateurs chinois et indiens ont des réunions infinies. Ils disputent sur des documents établis par des scribes du IXe siècle.

La puissance de ces scribes millénaires fait peur. Combien de tribus et de troupeaux, combien de négociants, de poètes et de chercheurs d'émeraudes ont franchi les frontières dessinées par ces cartographes dont les noms ne furent même pas communiqués à la postérité ? Combien de contrebandiers sont morts sur la frontière que ces vénérables cosmographes ont tracée sur leurs bouts de papier ? Et combien d'hommes et de femmes sont nés indiens ou bien chinois, à cause de ces grimoires ?

Depuis que ces vieux bonshommes ont dressé leurs cartes, Charles le Téméraire est mort dans la neige et sa figure a été mangée par les loups, le président Doumer a été assassiné par un Russe exalté, Einstein a fait des équations, la Terre est devenue ronde, Napoléon est mort à Sainte-Hélène et Tchekhov a eu la tuberculose, oui, mais broutilles que tout cela, choses du temps qui passe. Les traceurs de cartes chinois et indiens sont différents : ils vivent dans le temps qui ne passe pas.

La science des frontières est science faustienne. Elle défie les minutes et elle défie les dieux. Elle découpe les espaces indifférenciés que le Maître des choses avait offerts aux hommes. Elle est sacrilège. C'est pourquoi les cartographes, comme les douaniers et comme les faux sauniers, sont nimbés d'une lueur sacrée, comme les prêtres, les rois et les bourreaux.

Quand le Portugal eut trouvé l'Amazonie, un planisphère, dit de Cantino, fut tracé, en l'année 1502. Ce planisphère pouvait être consulté par n'importe qui, par les militaires, les marchands et les explorateurs. En réalité, il jouait le rôle d'un leurre. Il n'était que la copie approximative et même menteuse d'un autre planisphère, nommé le *padrão real* (le modèle réel, ce qui veut dire, dans ce cas, le modèle absolu). Ce *padrão real* était invisible et comme inexistant. Nul n'avait le droit de le voir. Il devait demeurer inviolé. Il régnait en cachette, et personne ne savait en quelles ténèbres il reposait, un peu comme le lingot d'or enfermé dans les caves de la Banque de France nimbe de sa silencieuse absence les billets de banque que nous donnons au boulanger ou au marchand de volailles. Personne ne pouvait voir le *padrão real*, même pas le général en chef, même pas le roi du Portugal et même pas le pape Alexandre Borgia. Celui qui eût contemplé le *padrão real* eût été fusillé par le bon Dieu en personne.

Guerres futuristes

Chaque fois qu'une guerre éclate, on nous met l'eau à la bouche. On nous annonce un spectacle inédit. Des généraux périmés nous expliquent qu'Austerlitz et Verdun, c'est fini, c'est poussiéreux comme un champ Catalaunique, et qu'on va nous fabriquer des batailles toutes neuves, resplendissantes. Du coup, nous nous posons devant la télévision et que voyons-nous ? Une guerre vieille comme un chemin des Dames : des fusées et des mines, des obus, des fusils. Et les mêmes monceaux de mêmes morts. Pourtant, la guerre, comme toute chose en ce monde, comme le roman, l'opéra et les ministres, aurait besoin d'un bon coup de plumeau. À la rigueur, on veut bien que des sergents-majors mélancoliques conservent dans un coin de leur jardin une ancienne échauffourée avec poilus, guérites et grenades, et qu'ils la visitent le dimanche, en famille, mais est-ce une raison pour négliger la recherche ?

Cette recherche se porte bien. Ici et là, des petits inventeurs lancent, à titre expérimental, des modèles de guerres futuristes, dans l'espérance qu'un jour ou l'autre, un gros fabricant de conflits aura l'idée de financer leur trouvaille et de la produire à la chaîne.

En décembre 1998, les dirigeants du Liban ont dénoncé les manigances des paysans israéliens du village d'Adeissis, tout près du territoire libanais. Ces paysans-là étaient des gros sournois : chaque soir, ils profitaient de l'ombre pour traverser la frontière en portant des couffins. Dans ces couffins, ils entassaient de la terre du Liban après quoi ils repassaient la frontière et déversaient le Liban dans Israël. On comprend le gouvernement de Beyrouth. Rien n'est plus désagréable que de voir son pays s'effriter et filer dans un autre pays. Pourtant, l'invention des paysans d'Israël ne manquait pas de finesse. La guerre au couffin, après quelques années de rodage, eût pu abolir toutes les stratégies d'antan, celles de Clausewitz, de

Rommel ou du général MacArthur. Au lieu de tuer bêtement un tas de soldats qui n'y comprennent rien, on se contenterait de mettre la terre de l'ennemi dans des sacs et de la répandre de l'autre côté de la frontière.

Imaginons que, chaque nuit, des jardiniers de la Guyane piochent le sol du Brésil, en remplissent des grands cabas, franchissent le fleuve Oyapock et en libèrent le contenu sur les rives du Maroni : en quelques siècles, le Brésil, vidé de sa terre par les jardiniers de la Guyane, deviendrait un pays minuscule, gros comme un rocher de Monaco alors qu'à ses côtés la Guyane s'apercevrait qu'elle est un pays infini. Pas un coup de fusil. Pas un mort, et la guerre aurait quand même eu lieu – une bonne chose de faite.

Déjà, les esprits chagrins ronchonnent. Ils prétendent que ces tactiques de pointe provoqueraient des tensions. Par exemple, les douaniers, tant brésiliens que guyanais, seraient énervés car il leur faudrait déplacer sans arrêt leurs postes-frontières et leurs fils de fer barbelés à mesure que leur pays rétrécirait ou grandirait. C'est exact mais est-ce une raison pour refuser le progrès ? La mauvaise humeur d'un douanier, après tout ! Et toute l'histoire ne nous enseigne-t-elle pas que chaque avancée technique détruit quelques métiers : les fabricants d'armures de la Renaissance ont été balayés par la poudre à canon. C'est triste, sans doute, mais eût-il fallu arrêter le progrès et même l'histoire, pour éviter de faire de la peine aux forgerons ?

Dans le même espace géopolitique, le Moyen-Orient, une autre trouvaille stratégique a un bel avenir : à Tekoa, près de Bethléem, les colons juifs ont remarqué qu'il leur suffit de pomper de l'eau pour assécher la nappe phréatique des deux côtés de la frontière, ce qui oblige les Palestiniens du village voisin de Deheishé à aller acheter de l'eau à des camions-citernes. Cette capture des eaux souterraines est une trouvaille de hasard, mais on sait que les grandes inventions, comme la pénicilline ou la théorie de la gravité, sont fortuites. La règle s'applique aussi à l'art de la guerre : supposons que des généraux légèrement énergiques développent la pratique artisanale du village de Tekoa. Un nouveau moment de l'histoire commencerait : les soldats, au lieu d'égorger d'autres soldats, se voleraient des rivières, des étangs... Ils pourraient même chaparder une verte vallée, piquer un panorama. Naturellement, le danger serait que les combattants ne se laissent emporter par leur enthousiasme : en effet, autant il est légitime de voler un étang ou une perspective, autant il serait honteux, et même grossier, de rafler une mer Méditerranée ou une mer Noire. Et puis, c'est bien joli de faucher un fleuve Jaune ou un Danube, mais que de complication dans la suite, et où l'entreposer ! On voit que ces stratégies futuristes sont subtiles. Elles exigent du tact, de la mesure et un bel esprit de rangement. Mais quand elles sont bien conduites, elles ont l'avantage d'être moins sanglantes que les guerres de nos anciens manuels d'histoire.

Les étoiles de la treizième heure

Beau temps sur le cirque, mais il revient de loin ! Dans les années soixante-dix, on dirait qu'il va mourir. Les chapiteaux les plus prestigieux font faillite. Les enfants boudent les clowns. Même les belles acrobates de satin et même l'odeur enchantée du crottin les ennuient. Ces choses-là font froid dans le dos. Comment survivre sur une planète sans cirque ? On se rassure comme on peut. Après tout, le monde a connu d'autres défaites : il a perdu ses diplodocus, sa ville de Troie, ses galères, ses arquebuses, ses ramasseurs de mégots, et pourtant le soleil se lève encore. Un peu de courage ! Nous savions, grâce à Paul Valéry, que les civilisations sont mortelles. Le cirque aussi, et voilà tout.

La chance fut que le cirque n'a pas écouté ces jérémiades. Il se rebiffe. Ses chevaux font feu des quatre fers. Deux amoureux de la piste de sciure, la comédienne Silvia Monfort et Alexis Grüss, font du tintamarre. Ils disent : « Vive le cirque », et c'est comme un miracle : le sang se remet à battre dans les vieilles veines. Aujourd'hui, le cirque est guéri. Il est joufflu, rebondi, gai et prolifique. Chaque année naissent de nouveaux cirques, plus magnifiques, plus subtils que ceux de la tradition. Leurs noms sont des fêtes : le cirque Plume et le cirque de Barbarie, le cirque Amour, le Bonjour, le Grand Céleste, Archaos, le cirque Nu, et l'admirable Zingaro. Le cirque est sauvé.

Pareille aventure n'est pas exceptionnelle. Les objets sont rusés : ils font semblant de mourir pour revenir ensuite en grand apparat. Au XIXe siècle, la machine à vapeur apparaît, et tous les clippers vont à la casse, mais un siècle après, les voiliers pullulent. Dans les années cinquante, le cheval de labour déserte les campagnes et, cinquante ans plus tard, il tourne dans des milliers de manèges. En 2001, les tramways se revanchent sur le métro. Et les diligences, c'est pour quand ?

Ces va-et-vient, ces défaillances et ces résurrections scandent les temps. L'Histoire ne meurt que pour renaître. Elle est pareille à un cadran de pendule sur lequel les heures passent et recommencent : « La treizième revient, dit Gérard de Nerval, c'est encore la première. » Mais, quand elle revient, cette treizième heure, elle n'a plus tout à fait le même costume. Les catamarans d'aujourd'hui ne sont pas les trois-mâts d'hier. Et le cirque nouveau n'est pas celui de jadis.

C'est pourquoi les nostalgiques et les enfants inconsolés, dont je me demande parfois si je n'en suis pas un, font les délicats. Aussi superbes que soient les spectacles des nouveaux cirques, ils ne remplaceront jamais les funambules et les gros cuivres de nos souvenirs. On dira que leurs numéros étaient voyants, tapageurs et toujours les mêmes. C'est vrai mais, justement, nous aimions le tapage et la monotonie. Le cirque devait être aussi rituel qu'une messe. Le bonheur du spectacle, c'est que nous en connaissions tous les ressorts, tous les secrets, tous les détours. Le chapiteau avait la charge de calmer le tohu-bohu des heures, d'ignorer le temps qui passe et les nouvelletés, d'opposer à la mort des choses l'éternité des sauts de l'ange.

C'est pourquoi la piste du cirque est un cercle d'une longueur immuable, treize mètres. Telle fut la volonté de son créateur, le sergent de cavalerie Philip Astley, en 1768. Ce protocole a été respecté pendant deux siècles. Astley avait voulu que le génie du cirque soit un génie rond. Les gradins sont un cercle. Les yeux des enfants forment un cercle. Les acrobates décrivent dans le ciel des cercles. Les chevaux tournent au bout de leur chambrière et les cages des lions sont des circonférences.

Cette manie du cercle n'est pas futile. Comme en atteste le cosmos, le rond est une spécialité de Dieu : c'est pourquoi les meilleurs de nos philosophes prétendent que le cirque a été inventé par Dieu en personne, un dimanche de pluie. Dieu voulait convaincre les hommes et les enfants, si angoissés par la fuite du temps, que cette fuite n'est qu'un tour de prestidigitation : le cosmos, le cadran de l'horloge et le chapiteau des cirques nous disent tous la même chanson : le temps n'est qu'une illusion. Derrière le cerceau de papier des heures règne l'immobilité. Et c'est entre l'éternité et le fugace que le cirque nous casse les oreilles avec ses cuivres.

Dans la campagne cahotent les roulottes. À l'aube, elles font halte au milieu d'une cité. Des hommes bariolés surgissent, plantent des piquets, tendent des filins, construisent un palais pour les éphémères. Le soir, toute la ville est sous le chapiteau. Mais à peine le dernier coup de cymbale a-t-il claqué que le cirque démonte ses vertiges. Demain matin, la place sera nue, comme elle l'était hier, à croire qu'on a applaudi un songe. Le cirque n'est pas au monde. Une fée se pose un bref instant dans nos cités et puis elle regagne, à pas de nuit, des résidences mystérieuses.

Écureuils anglais

Marie Hale enseigne la biologie à Newcastle. Elle a eu une bonne idée. Elle a planté une forêt de conifères entre le sud de l'Écosse et le nord de l'Angleterre, et les écureuils du coin ont retrouvé le bonheur. Il faut dire que, jusqu'à Marie Hale, les écureuils anglais et les écureuils écossais ne pouvaient pas se rencontrer. Ils n'étaient pas loin, cependant – une portée de fusil –, et il y avait des chemins très convenables entre leurs deux territoires, mais on sait comment sont les écureuils : ils détestent marcher sur la route. Ils n'aiment que les arbres. Résultat : les écossais et les anglais s'ignoraient.

Certes, chacune des deux familles connaissait, par ouï-dire, l'existence de l'autre famille. Leurs mythes leur rappelaient que jadis, à l'Âge d'or, ils vivaient tous ensemble, ils s'aimaient d'amour tendre et de mêmes noisettes, mais l'Âge d'or était révolu et les écureuils, qu'ils soient du Nord ou du Midi, souffraient de solitude.

Heureusement, Marie Hale vint. Elle planta sa forêt et ce fut un beau remuement dans les arbres. On fit connaissance, on flirta, on copula. Aujourd'hui, les deux peuples pavoisent : ils font des noces tout le temps. Ils se poursuivent et ils se mordillent. Ils sont de bonne humeur. Mme Hale se rengorge : elle voit dans l'épisode une avancée de la biodiversité. Les écureuils, au lieu de s'étioler entre eux, au risque de devenir aussi goitreux que des grands-pères bas-alpins, se sont mis à brasser leurs gènes. Jamais leurs nourrissons ne furent plus beaux, plus roux, plus voluptueux et plus optimistes.

On aimerait que la trouvaille de Mme Marie Hale fasse école. Il est urgent de ranimer la biodiversité. Mme Hale montre la voie. Ce n'est pas très compliqué : il faut d'abord planter des forêts, construire des ponts, des isthmes et des montagnes, détourner les rivières, changer les océans de place et bouger un peu les continents. Ensuite, le commerce peut recommencer entre les espèces animales qui ont été éparpillées aux quatre coins de la terre, et isolées les unes des autres, surtout depuis la fin du Gondwana.

On se rappelle le Gondwana. C'est un continent qui embrassait jadis la moitié de la terre, l'Amérique du Sud, l'Afrique, l'Inde, l'Antarctique et l'Australie. Du cap Horn à la Nouvelle-Guinée, et du Pérou à l'Arabie, on allait à pied sec. Et puis les continents se sont mis à dériver, et un beau matin, entre le carbonifère supérieur et le crétacé, du côté du trias ou du jurassique, le Gondwana s'est cassé en dix morceaux. Les animaux n'y ont rien compris : ceux qui étaient établis en Australie ont été coupés de tous leurs contemporains, ce qui explique les manières ovipares et éberluées des kangourous, ainsi que leur caractère susceptible. Et encore les kangourous se sont-ils bien débrouillés. Ils sont grands, nombreux et ils sautent. Mais tous les marsupiaux n'ont pas eu les mêmes talents : le koala est attendrissant comme un jardin d'enfants mais il n'aime que les feuilles d'eucalyptus, et encore doit-il réfléchir avant d'en croquer une car certaines espèces les empoisonnent. Plus angoissés encore : les loups de Tasmanie (*thylacinus*), devenus tellement rares que les quelques exemplaires qui subsistent en sont toujours à se demander s'ils existent ou s'ils n'existent plus, ce qui explique leur air philosophique.

Marie Hale, cette savante britannique qui a donné un coup de jeune aux écureuils écossais et anglais, se penchera-t-elle sur le sort de ces marsupiaux, emprisonnés dans leur Australie depuis cent vingt-trois millions d'années à peu près ? Mais il est plus facile de planter des conifères entre le nord de l'Angleterre et le sud de l'Écosse que d'installer une passerelle entre l'Australie et l'Inde, de manière que les marsupiaux se mêlent aux mammifères placentaires et retrouvent le plaisir de vivre.

En attendant de le faire, je propose une autre application, moins aventureuse, du principe de Marie Hale. Il y a une chose qui énerve tout le monde, c'est le problème des chameaux et des dromadaires. On les confond bêtement : on appelle chameau cette grosse bête frugale qu'on aperçoit en Afrique, au sommet des dunes, avec un Targui sur sa bosse. Or, cette bête n'est pas un chameau, c'est un dromadaire. Le vrai chameau, lui, opère en Asie. Il est identique au dromadaire, sauf qu'il a souvent une bosse en plus et que son pelage est laineux, mais rien à faire : nous nous obstinons à nommer chameau le dromadaire. Marie Hale ne pourrait-elle pas s'occuper de cette affaire ? Il suffirait qu'elle plante une forêt de pins ou de cocotiers entre l'Afrique et l'Asie, du côté de Suez, et hop ! voici que les troupeaux de chameaux et de dromadaires, séparés les uns des autres depuis la fin du Gondwana, et si affligés, pourraient enfin se réunir, gambader, s'aimer. Tout le monde y trouverait son compte : les camélidés qui célébreraient leurs retrouvailles et produiraient une bête inédite, probablement à trois bosses et assez amusante, les « honnêtes hommes » à qui serait épargné un barbarisme, et les enfants des écoles qui, en science naturelle, n'auraient qu'un animal à apprendre à la place de deux.

L'homme qui plantait des arbres

Je suis tombé l'autre jour dans une fable de La Fontaine. Je ne l'ai pas fait exprès. C'était au Brésil, un soir de décembre. Tout l'après-midi il avait plu mais, quelques minutes avant la nuit, les nuages ont fait un effort. Ils se sont écartés. Nous avons vu se déployer un ciel langoureux et tout en or. C'est à ce moment-là que j'ai dû me tromper de chemin. J'ai poussé une porte dérobée et je me suis retrouvé dans une gravure du XVIIe siècle : il y avait des bouquets de palmiers, un vent léger comme une abeille, un puits, une charrette dont les roues de bois grinçaient dans le crépuscule, des chevaux nus dans la prairie et une grande maison aux tuiles roses, un peu fanées.

J'étais dans la *fazenda* Santa Mônica. Un monsieur très âgé m'a accueilli. Il s'appelle

Wolfgang A. Schmidt, et, depuis l'année 1942, il plante des arbres. C'est alors que je me suis rappelé le tableau noir de l'école maternelle devant lequel je récitais, fagoté dans un tablier gris, une fable de La Fontaine qui me plaisait bien : « Un octogénaire plantait. Passe encore de bâtir, mais planter à cet âge ! » J'ai regardé M. Schmidt. Il est encore plus octogénaire que le type de La Fontaine. Il a quatre-vingt-seize ans. Il n'y voit presque plus. Il entend mal. Il faut le soutenir quand il marche. Et pourtant, il plante.

En soixante ans, il a fabriqué des dizaines de forêts. Ses pépinières comptent cent mille sujets. Son catalogue est un conte de fées, il sent la mousse, l'écorce, la rosée et le lutin : des *acassias* et des *angicos vermelhos*, des *jasmims manga* et des *magnolias amarellos*, des *ipês roxos* et des *jaboticabas sabara*... Deux cent trente essences différentes. Et le vieux monsieur n'est jamais rassasié. Il cherche toujours un nouvel arbre, comme on cherche le matin le souvenir d'un rêve, et peut-être voit-il, dans ses yeux si fatigués, les enfants qui, dans un siècle ou deux, joueront à cache-cache au fond des bosquets que, la veille, il a mis sur la terre. « Celui qui a réussi à faire pousser deux brins d'herbe là où il n'y en avait qu'un n'a pas vécu en vain », dit Benjamin Franklin.

Un autre écrivain français veille obscurément sur les travaux et les jours de M. Schmidt. En 1953, Jean Giono écrit un récit, *L'homme qui plantait des arbres.* Cet homme, Giono l'avait rencontré dans sa Haute-Provence, sur une montagne jadis pleine de sources mais à présent déboisée et chauve comme un cou de vautour. C'était un berger. Il s'appelait Elzéard Bouffiers et chaque matin, en menant ses moutons, Elzéard se munissait d'un sac de glands et il enfonçait ces glands dans la terre. Les deux grandes guerres lui ont passé sous le nez, il les a vues à peine, il plantait ses chênes. Après 1945, Giono revient chez Elzéard. Il ne reconnaît pas le coin. Il voit une « sorte de brouillard gris, qui recouvrait les hauteurs comme un tapis ». Ce brouillard gris, ce sont les feuillages des cent mille chênes qu'Elzéard a plantés. Partout, des sources coulent. Dans les villages naguère décharnés, des enfants jouent. Le jardin d'Éden a rouvert ses portes. Et Elzéard continue de planter ses chênes. Il a quatre-vingt-sept ans mais « fort vert », et Jean Giono dit : « Qui aurait pu imaginer une telle obstination dans la générosité la plus magnifique ? »

La nouvelle de Giono est superbe. Elle a une suite épatante : Giono avait écrit ce texte à la demande du *Reader's Digest,* qui avait soumis à de très grands écrivains ce thème : « L'homme le plus inoubliable que vous avez rencontré ». Giono envoie sa nouvelle au *Reader's Digest.* Il reçoit une lettre ravie. Mais, quelques jours plus tard, ça se gâte : le magazine, mieux approvisionné en bêtises qu'en songes, envoie un vérificateur. Le vérificateur vérifie et le verdict tombe : pas d'Elzéard dans toute la Provence et encore moins de forêts d'Elzéard. Giono se fait tirer les oreilles : son texte ne sera pas publié car c'est un mensonge. La fille de Jean Giono, Aline, raconte : « Ce qui dominait [en Giono], c'était la surprise qu'il puisse exister des gens assez sots pour demander à un écrivain, donc à un inventeur professionnel, quel était le personnage le plus extraordinaire qu'il ait rencontré et pour ne pas comprendre que ce personnage était forcément sorti de son imagination. »

Le mépris amusé de Giono se comprend. Pour moi, après avoir fait visite, cinquante ans plus tard, et dans un autre continent, au docteur Wolfgang A. Schmidt, j'alourdirais encore la sentence. Les poètes du *Reader's Digest* ne sont pas seulement des sots. Ils sont des gros paresseux. S'ils avaient été plus travailleurs, s'ils avaient continué leurs recherches ne serait-ce qu'un demi-siècle, et s'ils avaient eu la force de pousser jusqu'en Amérique, ils auraient retrouvé l'Elzéard de Jean Giono dans la *fazenda* Santa Mônica. Il est vrai qu'Elzéard a un peu évolué : ce n'est plus un pauvre berger de Haute-Provence. C'est un riche fermier de Campinas et c'est un monsieur qui a quitté l'Allemagne en 1930. Il a aussi changé de nom. Il ne s'appelle plus Elzéard mais Wolfgang A. Schmidt. Mais l'essentiel est inchangé : comme Elzéard, ce vieux monsieur très jeune plante chaque jour des arbres qui feront belle la terre, dans un autre siècle.

Le sapin d'Ismaïl Kadaré

Ismaïl Kadaré est entré dans ma vie, à pas de loup, en 1970. Je participais, comme chaque mercredi, à la réunion de *La Quinzaine littéraire*. Maurice Nadeau faisait défiler les livres. Il nous a proposé le roman d'un écrivain qui ne se contentait pas d'être inconnu : il était en plus albanais.

Un Albanais ? Il y avait donc des écrivains en Albanie au temps de ce communiste carabiné qui s'appelait Enver Hojda ? Tout le monde a fait le nez. J'ai fait le nez mais j'ai coulé un œil sur le titre : *Le Général de l'armée morte*, et j'ai pris le livre.

Je suis un lecteur timide. Je ne sais jamais si j'aime un livre ou si je ne l'aime pas. J'ai besoin de laisser le texte mijoter, se culotter, se patiner, presque se flétrir. Or, ce *Général de l'armée morte*, vingt pages ont suffi, et je savais que je lisais un grand livre. Je savais également que ce récit n'était que le socle d'une œuvre immense qui allait se déployer dans les années (rien de plus excitant que ces rencontres de hasard, comme au coin d'un bois, avec un inconnu : on lit des mots, on lit des phrases, distraitement, et tout d'un coup, on est attrapé, pris au collet, jeté à terre, menotté, piétiné, dévalisé, ligoté, incarcéré, et on sait qu'on ne s'en sortira jamais. Quelques années plus tôt, la lecture de *Mystères*, de Knut Hamsun, m'avait donné mêmes extases et aussi *Le Poisson scorpion*, de Nicolas Bouvier).

Un autre Kadaré a été publié, *Les Tambours de la pluie* : le siège par une armée turque dont j'ignorais tout d'une ville albanaise dont je ne savais rien, et tout ça dans un siècle obscur. L'action était rudimentaire : les Turcs encerclent la ville. Comme c'est l'été, les Albanais ont très soif mais, un matin, les tambours ottomans battent la musique de la pluie, et la ville est sauvée. Voilà. Pas grand-chose et même rien du tout. Un chef-d'œuvre.

Kadaré a été invité à Paris. Son éditeur a

donné un déjeuner en son honneur, avec l'ambassadeur d'Albanie en France. J'ai eu la chance d'être placé à côté de Kadaré. Nos échanges ont été amicaux et minuscules. Je me souviens d'un homme assez jeune, habillé à la dernière mode de l'Est, plutôt contraint et qui ne parlait pas bien le français – à moins que la présence de l'ambassadeur, de l'autre côté de la table, n'ait eu la conséquence saugrenue d'effacer tout le français de Kadaré. J'ai fait des mimiques, destinées à lui expliquer que je l'admirais beaucoup. Il a fait des mimiques.

Ses livres se sont empilés sur les étagères. Mes admirations se sont empilées aussi. Sa connaissance du français prospérait. Je le voyais quand il descendait à Paris. Il séjournait dans un petit hôtel, avenue Duquesne il me semble. J'allais le chercher et je l'amenais à la maison.

Nous ne parlions guère de ses livres. Nous parlions de l'Albanie, de ses montagnes, de ses villages, de ses violences, de ses vengeances, de son passé, des Grecs, d'Eschyle, d'Homère, mais c'était manière de parler de son œuvre. Si je voulais caractériser Kadaré, je dirais que c'est un poète épique, un de ces « bardes » chargés de *fonder*, avec leurs mots, un sol et un pays. Un de ces « rhapsodes » dont les vers font miroir au génie, à la tragédie et à l'histoire d'un peuple.

Quand je pense à ces voyages de Kadaré à Paris, je revois toujours l'hiver, ou l'automne. C'est une illusion, bien sûr, il venait en toute saison mais j'associais naturellement cet écrivain à l'automne, aux mélancolies de l'automne. Pourtant, il était amusant, avec un humour bizarrement anglais, un peu taquin, et des délicatesses, et des rires. Mais ces novembres imaginaires desquels je croyais qu'il surgissait devaient faire pour moi écho au grand et réel hiver dans lequel son pays « faisait le mort ».

Un dimanche, il a passé une journée dans une maison de campagne que ma femme possède à Aulnay-sous-Bois. Cette fois-là, il faisait réellement froid, c'était un octobre ou peut-être un mars, mes enfants étaient tout petits et contemplaient avec intérêt leur premier Albanais. Kadaré jouait avec eux.

Ce jour-là, je devais planter des arbres. Je lui ai demandé s'il voulait bien m'aider et je l'ai équipé d'une pioche et d'une bêche. Nous avons creusé de grands trous dans le sol déjà – ou encore – gelé.

Je ne voudrais pas être mauvaise langue, mais j'ai le devoir de révéler ici que Kadaré n'est pas très fort, comme jardinier. Sa bêche rebondissait sur le sol et si, d'aventure, il arrivait à extraire un peu de terre, la pelletée était infime.

Heureusement, il était très travailleur et nous avons fini par faire nos trous et par planter nos sapins (aujourd'hui, dix ans après, ces sapins sont très beaux, le « sapin de Kadaré »).

Toute la famille l'admirait. Je m'étais un peu éloigné afin de ne rien perdre du spectacle et j'ai compris alors qu'il refaisait, dans ce jardin parisien, la scène infiniment répétée du *Général de l'armée morte*. Il faisait mine de piocher dans notre jardin mais c'était dans les montagnes d'Albanie qu'il lançait sa bêche, comme l'avait fait ce général occupé à désensevelir les charognes des soldats massacrés dans une vieille guerre.

Je regardais cet homme, dans la douceur de la France, acharné à pousser sa bêche, acharné à exhumer des ossements et des crânes emplis de terre et enfouis depuis longtemps, peut-être depuis la guerre entre l'Italie et l'Albanie, peut-être depuis qu'Hamlet tenait entre les mains le crâne boueux du « pauvre Yorick », peut-être depuis qu'Antigone griffait la terre entre ses ongles pour donner sépulture à son frère, peut-être depuis que Faulkner avait écrit *Tandis que j'agonise* ou bien Sartre *Morts sans sépulture*.

Ensuite, il y eut Khrouchtchev, Gorbatchev. Le régime communiste albanais s'est défait. Kadaré s'est installé à Paris. Je ne l'ai pas beaucoup revu et c'est étrange. Je lui porte une admiration égale. Je lui garde la même amitié et je ne le vois presque jamais. Parfois je me demande pourquoi.

Quand j'allais le chercher à l'hôtel de l'avenue Duquesne, jadis, il débarquait d'un pays lointain, et qui était terrible, suintant de tristesse, d'héroïsme, et noir comme un trou. Je savais d'où il arrivait, de quelle ombre. Je crois que j'aimais cette ombre.

Quand j'étais gardien d'immeuble

La première fois, j'ai été un peu surpris. Une dame avait frappé à ma vitre. Il faut dire que mon bureau est au rez-de-chaussée et ma fenêtre donne sur la rue. La dame m'a informé que le robinet de sa cuisine avait des hoquets. J'ai été flatté qu'elle éprouve le besoin de m'en informer. J'ai dit que c'était ennuyeux. Elle m'a dit qu'elle habitait au cinquième étage et est-ce que je pourrais jeter un coup d'œil ?

J'ai grimpé cinq étages car nous n'avons pas d'ascenseur. J'ai tripoté le robinet, et l'eau est revenue. Il y a des jours de chance, comme ça, mais cette chance était un malheur car une autre dame, la semaine suivante, a cogné à ma vitre pour m'informer qu'une de ses ampoules était grillée. Elle était mécontente. Je lui ai fait observer que je ne connaissais rien à l'électricité. Elle a eu un rire ironique, presque insultant, et m'a expliqué que j'étais le gardien de l'immeuble. Je lui ai dit que non. Elle m'a dit que oui. J'ai dit d'un air bonhomme : « Première nouvelle ! » Elle a rigolé : « Ah bon ! Et pourquoi habitez-vous dans la loge du gardien ? »

À ce moment-là, tout est devenu limpide : l'immeuble avait supprimé le gardien et m'avait installé dans la loge. J'étais embêté. Comment objecter ? Puisque j'habitais chez le gardien, j'étais le gardien. Allez raconter le contraire ! Je n'avais qu'à m'en prendre à moi-même. J'avais fait preuve d'imprévoyance. C'est dès la première alerte, le jour de la dame au robinet, que j'aurais dû étouffer la rumeur mais, à présent, il était tard, et je suis monté pour changer l'ampoule.

Un temps, j'ai envisagé d'accepter le rôle que l'aveugle destin m'attribuait. Je ferais le gardien. Je serais fatidique et bricoleur. J'irais acheter chez Zola Color une boîte à outils, des tournevis, des marteaux et des ventouses pour déboucher les cabinets. Ça serait bien. Je connaîtrais un tas de gens. Par contagion, une vie associative allait déferler sur notre immeuble qui en avait besoin car nous sommes un peu ours. Les escaliers bruiraient de nos paroles, peut-être de nos rires, de nos chants, et je serais l'organisateur invisible de ces bonheurs, en ma qualité de gardien. On tiendrait des réunions. On ferait des parties de cartes, des parties de bésigue surtout car notre âge moyen n'est pas tendre. On fêterait des anniversaires, on s'inviterait à prendre le thé, des choses comme ça. Ces perspectives m'exaltaient. Malheureusement, je me suis souvenu que je suis un mauvais bricoleur et je suis passé à l'aveu. J'ai fait savoir que je me contentais d'occuper la loge du gardien, sans en posséder le titre, les outils ni les talents.

La vie a repris son cours tranquille et même immobile. Nous nous sommes remis à nous ennuyer. Par précaution, je gardais le contact avec les deux dames que j'avais dépannées précédemment et c'était très intéressant. Nous tenions des petits conclaves devant les boîtes aux lettres. Elles me donnaient des nouvelles des parties hautes de l'immeuble, ces cinquième, ces sixième étages, ces contrées lointaines, presque imaginaires, dans lesquelles vivaient des populations insaisissables, aussi mystérieuses que des Bororos.

Je crois que je n'étais pas seul à regretter le temps des robinets. Nous avions connu un bref moment d'allégresse, de partage, de générosité même, et nous étions rejetés à nos abandons. Tous les locataires avaient réintégré leurs solitudes. Ils étaient bourrés de langueurs. Nous souffrions. Nous étions en marche vers l'angoisse métaphysique. J'ai même eu l'impression qu'une de nos demoiselles, une personne âgée, toujours campée devant les boîtes aux lettres où elle ne récoltait que des prospectus, s'interrogeait sur l'être et sur le néant.

Nous n'avons pas tout à fait baissé les bras. Nous essayons de maintenir le contact. Quand nous nous croisons, devant le local des poubelles surtout, nous nous sourions avec entrain. Les plus dégourdis engagent le fer. En général, ils disent : « Bonjour. » Ce n'est pas beaucoup. Mais ce n'est pas si mal. Il faut nous comprendre : par quel bout engager la conversation ? Il y a tant de sujets que nous avons laissés en jachère pendant toutes ces années : la suppression du service militaire, la montée de l'illettrisme, la guerre de 14-18, l'effet de serre, le malheur d'avoir trois dieux uniques et cinq ou six SMIC, etc. Par où commencer ? C'est cela, je crois, qui nous paralyse.

Un jour, le facteur s'est trompé et a glissé dans ma boîte une lettre destinée à un locataire du troisième étage. Un cadeau de la Providence ! J'ai gravi gaiement les escaliers. J'ai remis la lettre à son destinataire. Celui-ci m'a remercié avec émotion. J'ai dit : « C'est la moindre des choses. » Il a dit : « Ah, les facteurs ! » Je n'ai pas relevé car j'aime énormément les facteurs. C'est une habitude que j'ai contractée quand j'étais tout petit et je n'avais pas envie d'en changer, je me suis attaché à cette habitude, je la connais bien, elle me tient compagnie. Aussi, je n'ai pas relevé l'allusion désobligeante pour les facteurs. J'ai fait silence. Ça n'a pas plu. Je suis redescendu. Et voilà comment une belle et longue amitié est morte, avant même de naître. J'ai été maladroit.

La semaine dernière, nouvel événement. Le locataire du premier a oublié de fermer le robinet de sa baignoire. Total : les trois studios du rez-de-chaussée ont suinté. Le coupable a frappé à nos trois portes. C'était un homme extrêmement bienveillant. Distrait mais bienveillant. Il a calmé nos trois fureurs. Les jours suivants furent agréables. Des plombiers avaient été alertés. Ils sont venus. C'étaient des plombiers assez lents, ce qui nous convenait car, en attendant qu'ils achèvent leurs travaux, nous avons tué le temps ensemble. L'espace des boîtes aux lettres a retrouvé son ancienne splendeur. Puis les réparateurs ont réparé, et chacun est rentré dans son studio. Nous fûmes seuls. Nos tristesses s'en sont donné à cœur joie.

Voilà où nous en sommes. Pas bien loin. Évidemment, on peut toujours rêver et imaginer qu'un autre incident ménager se produira un jour ou l'autre et qu'il nous réunira, une fois de plus, dans nos escaliers, mais cela m'étonnerait car le monsieur du premier étage a promis qu'il n'oublierait plus jamais de fermer ses robinets. Personne n'a osé lui dire qu'il serait charitable de fomenter de temps en temps une petite inondation. Ou plutôt, si : une dame, dont nul n'avait jusqu'alors entendu la voix et qui avait sans doute aimé notre minuscule vie associative, a chuchoté quelque chose de ce genre, mais le monsieur si gentil a rigolé et, pour tout dire, nous n'avons pas beaucoup d'espoir.

Le crâne de Jorge Luis Borges

Puisqu'il est mort voilà dix ans et qu'on célèbre cette date, c'est bien qu'il a existé, qu'il est né un beau jour, c'était en Argentine, l'année 1899, et qu'il possède, comme tout le monde, une vie et une biographie. C'est donc pure illusion si Jorge Luis Borges, ce docteur en illusions, nous paraît aussi lointain qu'Edgar Allan Poe, Franz Kafka ou J. W. Dunne. En vérité, il aura fallu la mort et la survie de cet homme pour attester qu'en dépit de ce qu'il professait par malice ou par détresse (« Tout homme est autre, et tout homme est tous les autres, donc aucun »), Borges ne fut ni une fiction, ni une aporie, ni une licorne, ni une chimère. Il fut à peine un labyrinthe.

Il y a longtemps que je m'en doutais. Il me semblait bien qu'il avait existé puisque j'ai eu le privilège de le rencontrer, en l'année 1964 (il avait soixante-cinq ans), lors d'un de ses passages à Paris. Je l'interviewais pour *Le Figaro* ; il me reçut rue de Boulainvilliers, dans l'appartement d'un de ses traducteurs, Nestor Ibarra.

Trente ans déjà mais si nette fut la rencontre, si impressionnant Borges, que ce moment repasse encore sous mes yeux, dans une clarté scintillante, comme on se reprojette la scène d'un film. Le texte du *Figaro* m'aide à revoir ce moment égaré, mais aussi les notes que j'avais prises, et la mémoire.

Dans la pièce où je l'attendais, il est apparu brusquement, sans crier gare, comme si son corps s'était soudain matérialisé. « Le corps très droit, d'une seule pièce et pourtant il avait l'air naufragé, imposant, fantastique, comme certains notables dans les tableaux des très vieux maîtres. La tête est puissante, modelée plutôt que dessinée. Les traits sont un peu grossis, on croit les contempler à travers une loupe. Sous la barrière des cils, les yeux fixent sans voir mais le visage est légèrement élevé, comme s'il obéissait à la lumière, à la façon de certaines fleurs, et l'on croirait que son regard, même absent, vous cherche... »

Ensuite, il y eut quelque chose qui ressemblait à une interview, assez baroque toutefois car, à mes questions, Borges répondait par des pirouettes et des malices, se moquant de moi, de mon érudition, de mon sérieux. Dès les premiers moments, j'étais « cuit » : il m'avait attrapé et ficelé. Sans méchanceté. Comme un enfant s'amuse avec les mouches.

Il commença par me demander comment j'allais procéder. Est-ce que j'allais prendre des notes ou bien avais-je « une de ces machines à graver les voix » ? Il ajouta : « Je n'aime pas ces machines. Elles font penser au définitif. » Je l'ai rassuré. J'avais un crayon. Du reste, ai-je dit, quand je manie un de ces magnétophones, il tombe toujours en panne. Borges a paru soulagé. Il m'a dit : « Ah oui, c'est le seul bon côté des magnétophones. Ils sont capables de se casser. »

Et j'ai questionné. Sa formation intellectuelle ? etc.

« Figurez-vous, m'a-t-il répondu, que l'an dernier j'ai traversé Genève, en Suisse, où j'ai fait mes études et passé mon bachot. J'ai cherché, sur la liste du téléphone, le numéro d'un camarade de classe que j'avais connu, donc, quarante ans plus tôt. Ce camarade était au bout du fil. Il a reconnu ma voix. Pour lui, j'étais un Argentin de passage mais pour moi, je téléphonais à la Suisse tout entière, au lac Léman, aux montagnes, à la neige, à l'église Saint-Pierre. »

J'ai insisté. J'ai dit que c'était épatant, son histoire de Genève, mais « votre formation intellectuelle, monsieur Borges ? », et il a répondu : « En Suisse, j'ai appris par cœur "Le bateau ivre", d'Arthur Rimbaud. J'aime bien Genève : il y a un boulevard des Philosophes, une rue de l'Enfer, une rue du Purgatoire... »

Insupportable personnage. Charmeur et malicieux. Puéril. Roublard. Gai. J'ai abandonné le problème de la formation intellectuelle. J'ai demandé pourquoi, après avoir commencé par des poèmes, il s'est mis à écrire *Fictions* en 1939. Voici sa réponse exacte : « 1939 ? Vous en êtes sûr ? Vous êtes très savant ! À quatre ans près, ce n'est pas faux. Indiquez la date qui vous plaira le mieux. Tout est intéressant, même les erreurs... » Il a fait un peu de silence, puis : « 1939 ? C'est peut-être moi qui ai cité cette date. D'ailleurs, c'est une bonne date : bien sûr, 1940 ou 1938 auraient fait des chiffres plus convenables, des chiffres ronds, plus crédibles, mais justement 1939, ça a l'air plus vrai parce que ça a l'air moins vrai... Donc, 1939...

» Pourquoi je me suis lancé dans les contes ? Je vais vous dire. C'est à cause de ce trou, là, dans mon crâne. »

Il s'est penché vers moi. Je me suis légèrement reculé, mais lui : « Si, si, passez votre main. Vous sentez là, un enfoncement des os. J'avais eu un accident grave, dans un ascenseur. Dix jours d'hôpital. J'étais inquiet. Je craignais d'avoir perdu mon intégrité intellectuelle. Je n'osais même plus lire de peur de ne plus comprendre les mots.

» Je n'osais pas écrire de poèmes : si je les ratais, cela eût signifié que j'étais devenu fou ou idiot. Alors, j'ai eu recours à un stratagème. Je me suis dit : "Si je tâche de faire quelque chose que je n'ai jamais fait encore, par exemple des contes, je ne risque rien. En admettant que je rate, je pourrai toujours me dire : c'est parce que je n'ai jamais écrit de contes, je ne sais pas faire les contes, voilà tout, mais mon échec ne veut pas dire que je suis devenu fou." C'est ainsi que j'ai écrit : "Pierre Ménard, auteur du *Quichotte*"... »

Je reprends mon interrogatoire. Comme cet agnostique doux (mais friand de théologie et d'histoires saintes) a fait allusion, je ne sais pourquoi, à la Bible que les catholiques argentins, surtout les vieilles dames pieuses, ne connaissent pas du tout, je me jette sur la Bible et je confectionne, de bric et de broc, une question que j'avais prévue à l'avance : « Ne peut-on voir la Bible, monsieur, un peu comme ce Livre, ce "Livre absolu" qui hante votre œuvre comme il a hanté jadis en France Stéphane Mallarmé ? »

Je suis assez content de moi. Je crois que j'ai touché juste. Borges s'épanouit. Je me dis que je l'ai pris à froid, que je l'ai coincé par surprise, que le voilà enfin « dans les cordes ». À mon tour d'esquisser un petit sourire ironique tandis que j'attends la réponse, le stylo plein de fièvre au-dessus de mon carnet : « Ah, je m'attendais à votre question... Il y a dix minutes que je vous voyais venir, avec votre Livre absolu ! »

Il a pris un air gourmand. L'air d'un chat qui vient de croquer un moineau. Et puis, d'une voix rêveuse, il dit : « Avant-hier soir, je suis sorti avec ma secrétaire. Nous sommes allés à Montmartre, vous savez, le quartier des filles, des putes. Quartier de voyous aussi. Et alors, j'ai pensé : "Me voici revenu à Paris. Je suis à Paris." Et, je ne sais pas, je n'ai pas pu me retenir, en plein Pigalle, je me suis mis à hurler des poèmes de Verlaine et puis le début de la *Chanson de Roland*. À Buenos Aires, on se serait moqué de moi. À Pigalle, ma secrétaire m'a dit que les filles et les voyous m'écoutaient. »

Mon interview prenait l'eau. Sur la formation intellectuelle, j'avais récolté une moquerie. Sur le « Livre absolu », je cueillais une histoire de filles. Tout mon arsenal de citations, de science, d'érudition était en poussière. J'étais un intervieweur en déroute, pareil à un vieux soldat qui revient de la bataille manchot, le bras en écharpe, noir de poudre et de boue.

En même temps, Borges, qui avait pris l'interview complètement en main, mais d'une manière si aimable, me faisait des cadeaux princiers : il ne me parlerait peut-être pas de Whitman ou de Flaubert. Mais ce qu'il me donnait était bien plus beau, bien plus généreux. Il me refilait cette image luxueuse : le vieux poète aveugle – le poète aveugle comme Homère – venu d'Argentine, l'homme adulé du monde entier mais qui, dès son arrivée à Paris, se fait conduire dans le quartier des bordels et se sent si heureux qu'il débite des poèmes devant un parterre fasciné de filles et de souteneurs. Sublime image !

Décidément, nous n'en avions pas fini avec les mauvais garçons et les marginaux. Je lui parlais de toute cette part de son œuvre, souvent négligée par les critiques, qui a trait aux quartiers dangereux de Buenos Aires. Bizarrement, alors qu'il avait paru ennuyé et moqueur quand je lui avais répercuté les vaticinations des cercles d'avant-garde (le « Livre absolu », etc.), il fut enchanté que j'éclaire la part argentine de son travail. « Jadis, m'a-t-il expliqué, les voyous de Buenos Aires s'entre-tuaient. Maintenant, il n'y a plus de voyous, il y a des gangsters. Des gens qui travaillent pour le profit. Avant, les voyous étaient désintéressés. Ils agissaient pour l'honneur. J'en ai connu quelques-uns. L'un d'eux, très poli, très bien élevé, me disait : "Je suis allé bien des fois en prison, monsieur Borges, mais je vous promets que ce fut toujours pour homicide, jamais pour vol ou escroquerie."

» Ces voyous portaient un couteau pour suriner leurs victimes. Ils mettaient leur honneur à avoir un couteau avec une lame aussi courte que possible. Pourquoi ? Parce que plus la lame était courte, plus ils étaient en danger.

» Il y avait un quartier, au sud de Buenos Aires, célèbre à cause d'une famille de voyous, celle des Iberra (ne confondez pas avec Ibarra ; Ibarra c'est mon traducteur, ce n'est pas un voyou). Donc, chez ces Iberra, il y avait deux frères qui étaient des tueurs fameux. Le cadet avait tué un homme de plus que son aîné. L'aîné était vexé. Il trouvait cela injuste. Qu'est-ce qu'il a fait ? Il a tué son frère. Comme ça, il rétablissait l'équilibre et même davantage puisque, du même coup, il ajoutait à ses propres victimes les fantômes des victimes de son frère...

» Eh bien, le temps a passé. Il y a eu la décadence dans le monde des voyous. Aujourd'hui, les descendants des Iberra habitent toujours le même quartier mais ils sont des bourgeois parfaitement honnêtes. Un des cousins est épicier. Seulement, la légende des Iberra ne s'est pas éteinte. On la protège, cette légende. Les gens ont avec les descendants des Iberra exactement le même comportement qu'au temps des tueurs. Aujourd'hui, les Iberra peuvent aller chez le boucher, ils prennent toute la viande qu'ils désirent mais on ne leur réclame jamais le moindre paiement.

» C'est curieux, non, la survie de la légende ! Curieux aussi que ce soit chez le boucher, la viande rouge, le sang, n'est-ce pas... Mais nous nous écartons de la littérature... Pourquoi ne m'avez-vous pas posé de questions sur la littérature ? Ne vous gênez pas... »

Bien entendu, je n'ai pas posé de questions sur la littérature. J'avais échoué, mais en même temps, par un tour de passe-passe ou de magie, une autre interview s'était fabriquée sous mes yeux, sans que j'y sois pour rien, et bien plus intéressante, me semblait-il, qu'une nouvelle réflexion sur le solipsisme, l'idéalisme absolu, la raison comme masque de la déraison, le labyrinthe de la Création, le discours sur le peu de réalité de la réalité, le scepticisme borgésien et son corollaire, le nihilisme, etc., autant de thèmes fascinants et vertigineux quand Borges les frôle en deux ou trois pages, mais si souvent oiseux quand les anciens élèves de l'École normale supérieure glosent à leur propos.

Mes notes sauvent quelques morceaux encore de cette entrevue. Par exemple, il m'a dit brusquement : « C'est drôle, on a publié mes contes dans des langues que je ne pourrai jamais lire, en malais par exemple... Peut-être que je vais être obligé d'apprendre le malais pour savoir ce que j'ai dit dans ces contes. »

Et aussi, à propos précisément des intellectuels qui voient dans les œuvres de Borges des choses qu'il n'y a jamais mises, le sourire du chat de Lewis Carroll, et une façon gentille de dire du mal à la fois des intellectuels parisiens et de la psychanalyse (qu'il détestait, comme tout système). « Moi, je ne sais pas du tout ce que j'écris. On crée avec son subconscient. Avant, on parlait de la "muse" du poète, c'était plus joli. Maintenant, on parle de son subconscient. On a un peu changé les mots mais tout cela est semblable. »

J'avais envie de pousser plus loin. De profiter du coup de griffe lancé à Freud pour l'interroger sur ses relations avec ce que l'on appelle « l'avant-garde », cette avant-garde qui l'avait adopté et vénéré, dont il était la « fine pointe », la figure charismatique, alors que lui, Borges, méprisait toute avant-garde, n'aimait que les littératures classiques, vieillottes et empoussiérées, archaïques. Mais je ne sais pourquoi, sans doute à cause de ses yeux clairs d'aveugle qui semblaient quêter quelque chose d'invisible en l'air, je me suis mis à me réciter, dans l'intérieur de la tête, en somme devant moi et non devant les putes et les souteneurs de la place Pigalle, le si beau poème d'*El Hacedor*, « Borges et moi » :

« C'est à l'autre, à Borges, que les choses arrivent. Moi, je marche dans Buenos Aires, je m'attarde peut-être machinalement pour regarder la voûte d'un vestibule et la grille d'un patio. J'ai des nouvelles de Borges par la poste et je vois son nom proposé pour une chaire dans un dictionnaire biographique. »

Un écrivain vivant

Chaque année, je passe quelques jours de vacances dans la maison de ma famille, à Digne. J'y suis heureux. Elle contient des souvenirs, des odeurs de roses, des midis, des soirs, et un jardin qui ressemble au paradis terrestre car il s'organise autour d'un arbre gigantesque, un magnolia, et de quatre allées distribuées comme les quatre fleuves du jardin d'Éden.

Autour du 15 août, je somnole pas mal dans ce jardin. Les feuilles de la glycine bougent. Elles font des ombres et des clartés. Il y a quelques années, durant une de mes somnolences, un monsieur que je ne connaissais pas m'a demandé s'il pouvait venir me voir avec sa fille âgée de quatorze ans. Je lui ai demandé pourquoi. Il m'a dit « C'est qu'elle voudrait voir un écrivain vivant. »

J'ai dit « oui ». Le lendemain matin, je me suis demandé comment il fallait s'y prendre pour ressembler à un écrivain vivant. J'étais incertain sur le costume. Je penchais pour un chapeau de paille, genre panama, des sandales de corde, une chaise longue et un air un peu exténué, parmi les fleurs. Je me souvenais aussi que les écrivains vivants, l'été, sont vêtus d'alpaga ou de lin blanc.

Malheureusement, je n'avais pas de chapeau de paille et pas d'alpaga. Aussi, je me suis simplement assis sur un banc vert. Là, j'ai fait celui qui rêve et qui pense, celui qui est simple comme tout, et qui respire, avec une indifférence un peu lasse, l'odeur émouvante des magnolias.

Ma visiteuse est arrivée à l'heure du goûter. Je lui ai offert une légère collation. Au début, ça a bien marché. Notre petite affaire tournait rond. La jeune fille me regardait. Mais, dès la fin des politesses, nous sommes restés gourds. J'étais intimidé et, sur mon banc de bois, je me sentais plus pétrifié qu'un écrivain mort.

Quand je m'en suis rendu compte, j'ai fait un effort. J'étais un écrivain vivant, que Diable ! J'en avais fait promesse au père de la jeune fille. Aussi, j'ai entrepris de m'agiter pour manifester que la vie secouait l'écrivain que j'étais comme un prunier. Peut-être que j'ai voulu trop bien faire. Mes gesticulations étaient exagérées et la jeune fille a paru déconcertée.

J'en ai conclu qu'elle se faisait, d'un écrivain vivant, une idée noble et lente. Je suis alors revenu à des gestes mieux arrangés et même, au bout d'un moment, cataleptiques. Nous avons essayé, elle et moi, de confectionner une conversation. Elle interrogeait un peu. Je répondais tant bien que mal mais nous n'avons rien trouvé, ni elle ni moi, qui dépassât le niveau moyen d'une conversation assommée de chaleur, l'été, dans un jardin de vacances. Elle a fini par s'en aller. Je crois qu'elle était déçue. Elle m'a peut-être pris pour un imposteur.

Malgré tout, cette après-midi consternée, je ne la tiens pas pour perdue. Une moralité est cachée dedans. Cette moralité dit que les Belles-Lettres, telles qu'on les enseigne dans les écoles, expriment un parfum de mort, de cadavre, de siècles des siècles, d'ossuaire et de cénotaphe, et cela quels que soient les soins que les maîtres se donnent pour faire des cours de littérature gais, vifs et sautillants.

Quand j'étais élève moi-même, en cette même ville de Digne, il était bien naturel que nous ne puissions pas imaginer un écrivain vivant : la littérature était comme une poussière. On ne nous enseignait que des écrivains trépassés, et trépassés depuis pas mal de temps. Pour accéder au panthéon des lycées, il ne suffisait pas d'être mort. Il fallait l'être depuis quelques siècles. Ce n'était pas le tout d'être mort. Encore fallait-il être un vieux mort.

Par exemple, les écrivains du XXe siècle, même défunts, n'étaient pas assez défunts pour mériter d'être étudiés. Nous étions très sévères. Marcel Proust était un mort, mais pas assez ancien pour que nous lui ouvrions la porte de nos classes. Nous n'aimions pas les cadavres frais. Il nous les fallait culottés, ridés, flétris, odorants comme des munsters bien affinés, et recouverts de la pruine des saisons qui ne sont plus. En classe de première, si nous arrivions, les bonnes années, jusqu'à Verlaine et Zola, c'était le bout du monde et ensuite, nous nous arrêtions. Nous étions exténués.

Tout a changé vers les années cinquante. Les professeurs de français, fatigués de passer pour des ringards, se sont énervés. Ils ont mis les bouchées doubles. Ils ont tourné les pages de leurs manuels à toute vitesse. Ils ont comprimé Corneille, La Bruyère et *Iphigénie*, de manière à faire un peu de place aux jeunes.

Dès lors, on a vu s'engouffrer, dans les salles de classe, des bandes d'écrivains vivants : ça a commencé, il me semble, par Jacques Prévert, Albert Camus et Jean-Paul Sartre. Par la suite, se sont pointés dans la brèche un tas d'autres contemporains, Boris Vian en tête. Ensuite, Vian est devenu un écrivain mort, et le rajeunissement des effectifs a tourné au délire : d'immenses vols d'écrivains vivants ont tourbillonné dans les salles de classe, sous la direction de Jean-Marie Le Clézio, aussi sérieusement considéré que Racine ou que Cicéron. D'autres ont suivi, dont le plus brillant fut Michel Tournier. Plus récemment, une nouvelle fournée est arrivée. Un tas d'écrivains vivants se sont assis aux côtés de Bossuet et de Fontenelle. Les plus vivaces sont Daniel Pennac et Daniel Picouly. Paulo Coelho et Paul-Louis Sulitzer attendent leur tour. Ils auraient tort de désespérer.

Aux professeurs, on ne saurait adresser le plus petit reproche. Ils forment une peuplade méritante. Ils ont tout fait pour montrer aux élèves que la littérature est chose de la vie, qu'elle est moderne, fraîche, pimpante et rigolote comme tout, et que Daniel Picouly vaut bien La Fontaine. Ils ne se sont pas économisés pour désencombrer les manuels scolaires.

Et pourtant, rien à faire ! La mort résiste : dans les lycées d'aujourd'hui comme dans ceux d'hier, elle fait toujours prime, et un écrivain mort demeure plus écrivain qu'un écrivain vivant. Le mort écrabouille le vif : il est plus sérieux, plus réfléchi, plus responsable. Les années lui ont ajouté du lustre, des moires, de la sagesse. Tout se passe comme si, pour être un grand écrivain, il était nécessaire de faire un stage aussi long que possible dans les sépulcres et qu'un délicat linceul embrume ses phrases. Les grands livres sont d'outre-tombe ou ne sont pas.

Je ne regrette pas cette résistance de la mort. Ce serait un peu trop facile, vraiment, de se déclarer « immortel » quand on n'a même pas fait, au préalable, l'effort d'être mort ! J'y vois comme une indélicatesse. Commencez par mourir, et ensuite, nous vous dirons si vous étiez un écrivain ! Le deuil sied aux Belles-Lettres.

Le tombeau fonctionne comme ces « chambres obscures » dans lesquelles de sombres chimies développent un négatif photographique – que l'on appelle parfois, si bellement, une « image latente ». La mort est un révélateur tour à tour cruel ou miséricordieux : elle efface ou bien elle exalte, elle ternit ou elle illumine, elle assure des deuxièmes morts ou des résurrections, c'est selon. Elle effectue lentement, sérieusement, les choix que les critiques font mine d'opérer, à la va-vite, quand les livres paraissent.

Certains auteurs, qui, de leur vivant, étaient sémillants comme des Paul Bourget ou des Archibald Joseph Cronin, se ratatinent et se décolorent en quelques années de tombeau, au lieu que Saint-Simon, après des siècles, se relève en sursaut, et nous revient de son néant, frétillant et embaumé comme un printemps, fardé, funèbre et resplendissant, plus vivant que le plus vivant des écrivains vivants.

Les deux orphelins

On m'avait dit : ne relisez pas ce livre. Il est bébête et il est ringard, il est réac. Je l'ai relu. Il est superbe. Il embaume. Il est frais. Il s'appelle *Le Tour de la France par deux enfants*. Sa première phrase est belle comme Proust et Flaubert réunis : « Par un épais brouillard du mois de septembre, deux enfants, deux frères, sortaient de la ville de Phalsbourg, en Lorraine. » Comment ne pas prendre cette route de brume avec André et le petit Julien, ces deux enfants dont le père vient de mourir et qui laissent leur Lorraine devenue allemande en 1871 pour aller au pays de France ? Ou plutôt, pour donner couleur et chair à cette France qui n'était qu'un songe. Pour meubler ce songe. Pour arpenter les montagnes du beau pays imaginaire.

On dirait qu'ils marchent dans une carte de géographie, une de ces cartes de Vidal de La Blache punaisées sur les murs des écoles primaires et dont les fleuves étaient des filets bleus. Napoléon, la veille de ses batailles, se couchait sur ses cartes déployées au sol. Il les mangeait. Il avalait des talwegs et des synclinaux, il se gavait de la terre et des ciels d'Alexandre Ier ou de l'archiduc Charles, ce qui explique ses victoires puisqu'il avait profité du sommeil de ses ennemis pour chiper leurs granites, leurs chemins et leurs nuages.

André et Julien sont plus pacifiques que Napoléon mais leur tactique est égale. Ils mangent leur géographie. Ils nous apprennent à voyager. La première règle est que l'on doit voyager à pied ou dans une carriole, au pire dans un train, mais encore faut-il que ce train soit lent, que ses rails épousent le paysage et qu'il vous empeste dans les tunnels. C'est alors un jeu d'enfant que de faire sortir de la carte de géographie, comme d'un gibus, des choses et des gens : les « crépuscules et les noirs sapins » de la Lorraine, les dentellières de l'Auvergne ou bien, à Brest, un « océan grand comme un ciel ». Comment un livre bourré de pareils trésors n'eût-il pas été naguère le plus grand instituteur de France et le plus intelligent, avec sa géographie et son histoire buissonnières ? Vous lisez en zigzag, le nez au vent, et au détour d'une phrase, vous apercevez un tonnelier à ses douves, les marteaux-pilons du Creusot, une coutellerie à Thiers.

Huit millions d'exemplaires : le livre a été longtemps rangé dans toutes les fermes à côté de Hugo et de Zola. Aujourd'hui, il est souvent réédité, un long siècle après que Bruno (en réalité, Mme Fouillée) l'a écrit pour enseigner aux écoliers de Jules Ferry le corps de la République. Pareille longévité est un miracle et voici un deuxième miracle : ce livre est si clair et de tant de grâce qu'en 2002 il nous donne à voir des paysages vieux de cent vingt ans comme s'ils étaient neufs, comme si leur peinture n'était pas encore sèche. Nous le lisons sur deux registres : pour une part, les orphelins nous pilotent dans la France d'aujourd'hui, avec mêmes montagnes et mêmes vignes, vaches semblables et semblables fermières. Mais, pour une autre part, c'est dans un pays englouti, aussi disparu qu'un dinosaure, que *Le Tour de la France* nous entraîne. Un pays comme une maison de Pompéi. C'est une chose lointaine que parcourent les deux enfants. Cette chose est la même que la nôtre et pourtant c'est une autre. Le livre forme une lucarne à travers laquelle scintillent, comme un reflet dans une goutte de pluie, les paysages tremblés d'hier, les hommes et les femmes en allés, les hautes cheminées d'usine et leurs fumées blanches, aussi tristes, aussi belles que le temps perdu.

Nous autres, et notre siècle, nous sommes très forts en Patagonie, en Inde ou en Sumatra, mais nous ne voyageons plus. Tout se passe comme si la France (ou l'Italie ou l'Angleterre) avait été dissoute par le coup de grisou silencieux de la modernité. Nous bougeons beaucoup, certes, mais comme des bolides et ces bolides sont aveugles. Nous connaissons les deux extrémités de notre chemin – Paris ou Bordeaux que nous quittons, Marseille ou Grenoble où nous allons. Mais, entre ce départ et cette arrivée, il n'y a rien : des tonnes de vide. Cela n'existe pas. Cela s'est effrité ou évaporé, à mesure que les trains et les autos se perfectionnaient, à mesure que les avions faisaient de la carte d'un pays une constellation d'aéroports.

Je soupçonne que certains esprits élevés et prospectifs se diront que je suis ringard. Vous avez dit ringard ? Et puis après ! La modernité a marqué d'infamie le plaisir du passé. On pourchasse la nostalgie comme un « nuisible » et, presque, on vous donnerait une prime si vous abattez une nostalgie et si vous en rapportez la peau à la mairie. C'est pourquoi je préfère passer tout de suite aux aveux : il arrive en effet que je fasse un brin de nostalgie et c'est si bon ! Pire encore : je ne suis pas d'avant-garde. Je préfère les arrière-gardes : j'aime Bécassine, James Joyce, les images d'Épinal, Antonin Artaud, les peintures idiotes, Alain Robbe-Grillet, Philippe Sollers et les horaires des chemins de fer de la veille.

Espaces infinis

Bonne nouvelle : le télescope Hubble va mieux. Il est même guéri. Hubble est cette merveilleuse machine volante qui tourne sur nos têtes, depuis 1990, et qui photographie le cosmos. Comme il était empoussiéré après dix ans de service, des astronautes l'ont visité. Ils l'ont nettoyé et le voilà comme un sou neuf. Jamais son regard ne fut plus clair. Il y voit dix fois mieux qu'avant.

Et pourtant, le premier Hubble avait déjà l'œil pointu. En dix ans, il nous a ouvert le ciel comme on ouvre le ventre d'un lapin. Il nous a montré les entrailles du cosmos et ces entrailles sont à n'y pas croire : les clichés que nous a transmis la « lorgnette fabuleuse » sont beaux comme des foudres, beaux comme des au-delà ou comme des méduses, comme des dedans de cervelle.

Dans le coin d'une de ses photos, on découvre une tache écarlate : c'est un incendie large d'un million d'années-lumière. Sur d'autres clichés, passent des peuplades de soleils en perdition, des abîmes, des enfers froids et des enfers de braise, des paradis, des déserts, des velours bleus. Hubble a tout bouleversé : le temps, l'espace, la géographie, la philosophie, la théologie et l'histoire des grandes navigations. Au décours de ces dix années, Christophe Colomb s'est ratatiné. Dieu sait pourtant si son expédition en Amérique avait fait du foin, à l'époque ! Mais aujourd'hui, à l'échelle de Hubble, son périple vers Saint-Domingue est devenu une promenade de Lilliput.

Eh bien, par rapport au Hubble nouveau, tout cela n'était qu'une amusette. Voici venu le temps des ciels illimités ! Nous savions depuis longtemps que l'azur est infini mais il va devenir plus infini encore, si la chose peut se dire. Hubble va nous ouvrir des pièces cachées, des caves, des greniers et des vestibules inexistants. Peut-être nous donnera-t-il à voir un « trou noir », ou même le plus récent avatar des trous noirs, un de ces gravastars dont un morceau gros comme une boîte d'allumettes pèse, à quelque chose près, cent millions de tonnes. Avec un peu de chance, Hubble poussera une des portes par lesquelles notre univers communique avec un univers parallèle et nous pourrons enfin répondre à la question essentielle : sommes-nous dans l'univers où nous sommes, ou bien dans un autre ?

Chacun sait que le cosmos n'a pas de frontière, mais Hubble, le Hubble nouveau, est capable de tout, et même de photographier la frontière de cet univers sans frontière, ce qui n'est pas très logique, mais la logique, le cosmos n'est pas au courant : la règle du tiers exclu, les syllogismes d'Aristote, la logique de Port-Royal, tout ça marche assez bien dans notre monde « sublunaire », mais le cosmos n'en reconnaît pas les règlements. Dans le même moment, et à l'échelle des paysages monstrueux que nous révèle le télescope Hubble, la Terre se recroqueville au point de n'être plus qu'une rien du tout, une distraction ou une illusion. Pascal, qui s'affolait quand il contemplait les ciels si simples, si naïfs de son XVIIe siècle, et qui disait tout le temps : « Le silence éternel de ces espaces infinis m'effraie », Pascal, si nous lui présentions les clichés de Hubble, nous ferait tout de suite une pâmoison. Mais, dans le même temps, comme il adorait avoir peur, il boirait du petit lait.

Nous sommes tous des Blaise Pascal : meurtris d'angoisse devant les complications du cosmos et amoureux de cette angoisse ! La curiosité des hommes est comme l'univers. Elle n'a pas de fond. Depuis que les hommes sont sur la terre, qu'ont-ils fait si ce n'est profaner l'inconnu, abolir les nuits, violer les tabernacles et soulever les voiles ? Ça ne nous a pas tellement bien réussi, d'ailleurs, car le bon Dieu est sourcilleux. Il n'aime pas qu'on farfouille dans les coulisses de son ouvrage. Il a commencé par nous claquer au nez les portes du Paradis terrestre, mais cet inconvénient ne nous a guère intimidés. Quelques années plus tard, Prométhée volait le feu des dieux. Plus près de nous, Faust a voulu déchiffrer à son tour le secret et il est tombé dans les mains du diable.

Aujourd'hui, le Hubble nouveau est le dernier avatar d'Adam, de Prométhée et de Faust réunis. Plus radical, plus audacieux ou plus érudit que ses trois collègues, il plonge directement les yeux dans l'indicible. Il fourgonne dans la mécanique du ciel, dans les rouages de la création. Il voit l'invisible, il se jure de connaître l'inconnaissable. Nul doute que le maître des choses, s'il vient à l'apprendre, se mettra encore en colère. On verra bien. En attendant, nous continuons à jouir des joliesses de la Terre. Avec un peu d'adresse, nous pouvons même utiliser les enseignements de Hubble pour augmenter nos bonheurs : Dieu, que les aurores sont calmes quand on sait que l'envers du ciel est un bûcher ! C'est cela aussi, le génie de Hubble. Il nous dit que la terreur et la beauté s'entrelacent et qu'elles conspirent ensemble. Les catastrophes du cosmos, ces collisions d'étoiles et de néant, ces trous sans fin et ces espaces sans frontières sont faits pour nous terrifier. Et ils nous ravissent en extase.

Le temps des labyrinthes

Voici le temps des labyrinthes. Chaque année, quand arrivent les vacances, il en sort de partout. Des jardiniers compliqués les tracent dans les prairies et dans les fleurs. Ils transforment les campagnes en pièges de verdure, de cosmos, de troènes, de sarrasin ou de fusains. Et, comme les enfants adorent les pièges, ils se jettent dedans. Ils s'égarent entre deux allées de buis. Ils cherchent le nord et ils vont au sud. Ils confondent le dedans et le dehors, l'entrée et la sortie. Ils croisent des dragons, des fées et des lutins. Ils entendent des loups. Ils ne savent plus où ils sont, c'est un délice, et leurs cœurs deviennent des fous. Ils sont passés de l'autre côté du miroir. Ils se demandent qui ils sont. Ils frôlent des abîmes. Ils ont peur. Ils tremblent. Ils sont émerveillés.

Ces labyrinthes nous reviennent de loin. Les cavernes de Neandertal étaient des machines à se perdre. Elles abritaient la mort et les dieux. Plus tard, les Égyptiens imaginent le labyrinthe de Fayoum que l'historien grec Hérodote visite : une construction géante supportée par vingt-sept colonnes et contenant trois mille sépultures de rois et de crocodiles. Dès ce moment, le grand thème du labyrinthe se dévoile : le mystérieux architecte de Fayoum a mimé le chemin qui fait la navette entre la vie et la mort.

L'autre grand labyrinthe, celui de Cnossos, dans la Crète du roi Minos, est plus subtil. Si l'horreur et le meurtre occupent aussi son centre (sous la figure du Minotaure, le taureau mangeur d'enfants), les Grecs laissent une chance au bonheur. Ils acceptent que l'on retrouve la route. Ils composent le destin avec la liberté.

Pour quitter le labyrinthe, ils nous enseignent deux trucs. Le premier tient à un fil. Thésée, qui est un prince d'Athènes, en a assez de ce taureau qui veut toujours manger des jeunes gens et des jeunes filles. Il pénètre dans le labyrinthe. Il tue le Minotaure mais ensuite, il est bien attrapé car il ne sait plus comment sortir. Heureusement, il est relié à un fil que tient la belle Ariane, et Ariane est dans la lumière.

Le deuxième truc est plus calé. Dédale, qui est emprisonné avec son fils Icare, confectionne deux appareils à voler. Le père et le fils « font la belle ». Ils s'échappent du labyrinthe par le haut, par le ciel. Le vol se passe bien mais Icare est un peu gamin. Quand il voit que le soleil est si beau, il s'excite, et il vole toujours plus haut. Ce jeune homme est une tête brûlée et il brûle. Il tombe dans la mer, se noie. Les romantiques ont adoré Icare. Cette mort solaire les comble. Ils la préfèrent à la mort pourrissante, dans les ténèbres où gronde le Minotaure.

Les labyrinthes que les jardiniers de l'été 2002 construisent pour les enfants sont moins sanglants. Ils recyclent le mythe de Cnossos pour en faire de la joie. Le dédale de la Crète était un dédale pour mourir. Ceux que les jardiniers édifient dans les maïs sont des dédales pour rire. Le roi Louis XIV avait prié Le Nôtre de réaliser un labyrinthe dans les jardins de Versailles. Par ce moyen, il voulait faire découvrir au dauphin les personnages des fables d'Ésope. Nous copions Louis XIV et Le Nôtre : dans nos labyrinthes de blé, les enfants rencontrent les personnages de La Fontaine, ceux d'Alice au pays des merveilles. Ou bien, ils parcourent la vie et l'œuvre de Victor Hugo en suivant des géométries de maïs ou de fusains. D'autres paysagistes reproduisent les étouffants méandres du fleuve Amazone et ils ont bien raison : il est certes estimable de faire des labyrinthes gentils, mais il ne faut pas oublier d'y ajouter un peu de panique. Le plaisir est à ce prix. Le jeu se nourrit d'angoisse : jeu de vertige ou jeu de hasard, jeu de rôles et jeu de mimes, tous ils fascinent parce qu'ils s'amusent avec la mort. Ils forment une machinerie contradictoire : elle produit de l'horreur et elle l'abolit.

Il y a un épisode du mythe grec que les historiens escamotent. Il est ingénieux. Françoise Frantisi-Ducroux le raconte : quand Icare tombe dans la mer, parce que la cire de ses plumes a fondu au soleil, son père, Dédale, poursuit son vol.

En étrange pays

Il atterrit en Sicile, du côté d'Agrigente. Le roi Minos est furieux et se jure de châtier Dédale. Il court en Sicile. Là, il propose un jeu à tous ceux qu'il rencontre : il les met au défi de faire passer un fil à l'intérieur d'une coquille d'escargot, étant clair que le dedans d'une coquille en spirale est une miniature du labyrinthe. Personne ne réussit l'épreuve mais un inconnu se présente. Il attache le fil au ventre d'une fourmi, après quoi il introduit cette fourmi dans l'escargot par un trou percé dans la coquille. On attend un peu, le temps que la fourmi trouve son chemin dans les dédales de la coquille, et on voit enfin la petite tête noire sortir au grand jour. Minos se dit que l'homme capable d'inventer une telle malice ne peut être que Dédale. Il va le mettre à mort. Mais Dédale a plus d'un tour dans les labyrinthes de sa cervelle. Il avise des jeunes filles, les persuade de noyer Minos en l'ébouillantant dans son bain. Bon débarras ! Le maître de l'enfer meurt. Restent, pour nos étés, les labyrinthes de verdure et, mon Dieu, que leurs fleurs sont jolies !

La malle aux trésors

La science est un grand poète. Elle fait mieux que Baudelaire et Lovecraft ensemble. Rien ne borne ses rêves. Elle repeint les choses. Elle corrige le ciel. Durant les quatre dernières semaines, elle a fait feu des quatre fers : elle nous a appris que l'homme a les mêmes gènes que la banane, qu'un chameau inédit paissait clandestinement au Tibet depuis quatre mille ans et qu'Abraham n'est jamais que le pharaon Akhenaton. Au Kenya, un savant et une savante cherchent le premier homme. Ils se promènent dans le Rift car c'est un coin à « premiers hommes », comme on parle d'un « coin à champignons ». Ils piochent. Ils dénichent six premiers hommes. Cette petite bande dégomme d'un seul coup tous les anciens premiers hommes et surtout la chère Lucy, qui faisait son intéressante, la veille encore, avec ses trois millions deux cent mille ans ! Les nouveaux premiers hommes, eux, ont six millions d'années. Voilà la science ! Un soir, vous vous couchez paisiblement. Vous dormez comme un sourd et le lendemain, quand le réveil vous tire de vos rêves, qu'est-ce que vous apercevez dans un coin de la chambre ? Six premiers hommes et des millions d'années.

Si l'on se tourne vers le ciel, les surprises sont égales : des astronomes collent leur œil au télescope du Paranal au Chili. Ils inspectent à toute vitesse, en cinquante heures, soixante-dix mille galaxies, et quand ils arrivent à huit milliards d'années-lumière, à peine fatigués du reste, qu'est-ce qu'ils voient ? Ils voient de l'invisible, tout simplement, c'est-à-dire cette matière noire qui emplit l'univers et qui toujours nous échappait. Du côté de l'infiniment petit, mêmes prouesses : à Genève, le CERN détecte le fantôme d'un boson de Higgs, qui est une particule plus petite que la plus petite particule.

Et encore n'ai-je retenu qu'une part infime de la cueillette. Si on racle le fond de la malle aux trésors, on débusque mille autres joliesses : un fleuve d'eau douce de huit cents kilomètres qui coule sous la mer, au large du Congo, et qui arrose une géographie sous-marine, avec falaises, gorges, montagnes, avec lacs engloutis et, dans ces lacs, des crevettes inimaginables, tandis qu'en Australie un insecte disparu, un phasme géant de quinze centimètres et venu du jurassique, ressuscite, comme ça, un beau matin, car il en avait assez de n'être plus. Arrêtons ici la litanie : chaque mois, la science nous ouvre des cavernes d'Ali Baba et des dédales à rendre fou. À rendre modeste aussi, car ces trouvailles ont le mérite extrême de nous rabattre le caquet.

Nos vanités exténuées prennent une baffe : comment se croire le centre des choses, si les choses n'ont pas de centre ? Ce cosmos infini nous ratatine. De chacun de nous, il fait un minuscule. Pascal, au XVIIe siècle, était triste parce que le cosmos était grand et l'homme un rien du tout. Pourtant son cosmos, si on le mesure au nôtre, était à peine un bibelot. Un autre charme de cette course au savoir est de n'avoir point de fin. Chaque lumière approfondit les noirs. Le poète Michaux, le mathématicien Poincaré nous avaient avertis : chaque fois que la science résout un mystère, dix nouveaux mystères se déclarent. L'univers, à mesure que nous le déplions, se froisse. Les Grecs parlaient de « cosmos » car ce mot veut dire « le bien arrangé ». Ils auraient mieux fait de rester couchés, le jour où ils ont choisi ce mot.

Reste une question et c'est celle de Dieu : ne risque-t-il pas de prendre ombrage des succès de la science ? Certes, il n'est pas facile de se mettre à la place de Dieu, mais on sait qu'il est d'une nature jalouse, et qu'il n'apprécie pas les gens trop curieux. Dès qu'il en chope un, il lui fait pis que pendre. Aujourd'hui, cependant, il est assez calme. Et comment ne serait-il pas ému par ces chercheurs qui lui dévoilent les secrets de ce cosmos qu'il a usiné jadis, et dont il a un peu oublié le mode d'emploi ? Il n'est pas fâché que les savants lui donnent un coup de main et lui remettent en mémoire les complications de son ouvrage. Il se rengorge. Il se dit qu'il n'avait pas les deux pieds dans le même sabot, jadis, au temps de sa splendeur : comment diable s'y est-il pris, avec tout ce qu'il avait à régler en six journées à peine, pour fourrer dans son univers tant de bizarreries, tant de masques et tant de joyaux ? On peut l'imaginer, penché sur un nuage de Jean Effel, lorgnant les dernières trouvailles des laboratoires, et reconnaissant avec émotion un tas de choses qu'il ne se rappelait pas y avoir mises : un chameau qu'il avait rangé en Asie et qu'il avait perdu étourdiment comme on perd un bijou, ou du temps qui coule à l'envers, de l'être qui est du néant, du noir qui est de la lumière et de l'invisible qui se voit. Je gage que chaque matin, il attend avec impatience les nouvelles de nos laboratoires. D'autant plus que ces savants, dégourdis comme ils sont, et avec tous leurs diplômes, leurs algorithmes et leurs lunettes, ils finiront bien par résoudre le mystère des mystères et par prouver la réalité de Dieu. La tête qu'il fera, Dieu, quand il apprendra qu'il existe !

Thomas, Nicodème, Barnabé et les autres

Je lis les Évangiles. Ils sont sublimes, ils racontent une histoire sublime, ils sont bien écrits, mais ils sont monotones. Matthieu, Luc, Marc – et même Jean –, on dirait que chacun copie sur son voisin, comme, à l'école, le jour de l'examen de catéchisme. Et leur texte est froid. Une aventure pareille ! On aimerait davantage de lyrisme et des extases. En plus, on ne comprend pas tout ce qu'ils racontent : il y a des silences, des vides, des obscurités. Des « non-dits », comme on dit. Et la logique n'est pas leur fort : toujours des bizarreries, des miracles, du supranormal, des *dei ex machina*, des incohérences.

Par chance, il existe une autre équipe d'évangélistes, plus rustiques et même un peu cancres, qui se chargent de combler les insuffisances des

Synoptiques et d'y réintroduire le rationnel. Ce sont les Apocryphes, qui complètent les Évangiles canoniques en énonçant tout ce que les « quatre » n'ont pas su, ou pas voulu, dire : d'une part la couleur locale, et c'est un délice, d'autre part, la logique dont les Canoniques se fichent pas mal. Le mot « apocryphe » ne désigne pas, comme on l'a cru si longtemps, que l'Église a voulu cacher ces textes. Il veut dire le contraire. Les Apocryphes relatent ce que les Canoniques ont dissimulé : la rayonnante poésie et la logique de la vie de Jésus.

Thomas, Nicodème, Jacques, Barnabé et même Philippe sont de très bons poètes. Leurs textes nous transportent en Galilée. Le vent souffle sur les collines. On voit les nuits et les printemps de la Samarie. On entend le grésillement des étoiles. On respire des odeurs de paille, de suif et de mulets, les fontaines font un bruit de gargoulettes et des fillettes pouffent de rire au détour des ruelles quand passe un notable du Sanhédrin. Toute une petite paysannerie à la Breughel s'affaire dans les champs, et des centurions dessinés par Jacques Callot ou par Daumier patrouillent devant le temple de Salomon.

Mais c'est surtout à cause de leur logique que les Évangiles apocryphes méritent attention. La bande d'inconnus qui les ont rédigés, entre le IIe siècle et le XVIe, ne badinent pas avec la rationalité : ils expliquent tout et, grâce à eux, tous ces épisodes qui nous désarçonnent dans les Canoniques deviennent clairs, inévitables, indubitables. Les miracles, les petits pains, l'eau en vin, la femme hémmorroïsse, le paralytique, bref, tous ces moments si émouvants mais difficiles à entendre sont évidents dans les Apocryphes.

Ce n'est pas que les Apocryphes soient moins riches en miracles que les Synoptiques. Au contraire : Jésus passe son temps à en faire. Ça se comprend. Si on est un Dieu et qu'on ne fasse pas de miracles, à quoi ça sert d'être un Dieu ?

Quand il est jeune, un jour d'énervement, Jésus tue un de ses camarades et, comme les adultes s'attroupent et désapprouvent, il les aveugle. Ensuite il a des regrets et il prend son ami par l'oreille, tire un peu dessus de manière à le ressusciter.

On saisit dans ce passage la supériorité des Apocryphes : Thomas ou l'inconnu de l'Évangile arabe, Jacques ou Nicodème, tous se donnent la peine d'expliquer les miracles, de soulever le voile, de nous introduire dans les coulisses où s'accomplit l'indicible, par exemple de nous dire que, pour ressusciter un camarade qu'on a étourdiment tué, il faut lui tirer un peu l'oreille. Dans la nuit des Évangiles, les Apocryphes font entrer des flots de lumière. Tout devient nécessaire, explicable et limpide.

Il est vrai que les Thomas ou les Nicodème nous fournissent une information capitale, sur laquelle les Jean ou les Matthieu ne s'étendent guère, et qui nous introduit dans la machinerie même du miracle : en ces époques, la Samarie, la Judée, le Jourdain, la mer Morte, sont pleins d'anges. Et ces anges sont actifs, serviables, imaginatifs. Rien ne leur fait peur. Ils sont toujours sur la brèche. Ils se mêlent de tout. Ils se mêlent en particulier du destin d'exception de la Vierge Marie.

Les Évangiles canoniques connaissent mal Marie. Marc est à peu près muet. Luc aussi. Matthieu donne de l'importance à Joseph, dont il établit la filiation davidienne et abrahamique, et n'accorde qu'une apostille à Marie : « Joseph, l'époux de Marie de laquelle est né Jésus appelé Christ. » Il rapporte également qu'un ange a pris la peine d'interdire à Joseph de répudier sa femme, à la fois vierge et enceinte. Dans Matthieu, c'est Joseph et non Marie qui reçoit l'ange Gabriel. Luc est plus scrupuleux. Il remet les choses en place : c'est bien à Marie que Gabriel annonce la nouvelle (« Réjouis-toi, pleine de grâces. »).

Voyons à présent les Apocryphes. Leur supériorité est éclatante. Au lieu de se contenter de signaler qu'il y a du mystère, les Nicodème ou les Thomas expliquent ce mystère, lui restituent son évidence, et cela avec le soutien, précisément, des anges. C'était cela, le « chaînon manquant » des récits canoniques : les anges. Certes, les Canoniques citent quelques anges mais les Apocryphes les multiplient. Il y en a des essaims.

N'oublions pas que les anges ont déjà

conspiré à la naissance de Marie. N'est-ce pas grâce à eux que Joachim et Anne, dont le mariage était stérile, se sont débrouillés pour faire un enfant, Marie ?

Ensuite, les anges suivent l'affaire : quand Marie est admise dans le Temple, comme toutes les petites filles de condition, elle est première dans toutes les matières. Ses compagnes sont aussi jalouses que des tigresses. Elles pensent que Marie est pistonnée. Elles n'ont pas tort. Marie est en effet pistonnée, mais par qui ? Par les anges, précisément, qui veillent sur elle, allant jusqu'à la nourrir en catimini.

Et ils ne se contentent pas de la nourrir. Un jour, la petite fille reçoit la visite d'un « ange spécial », comme dit le Pseudo-Matthieu, et il lui annonce qu'elle est « un vase d'élection ». C'est assez troublant pour une jeune personne et Marie croit à une plaisanterie. Aussi, l'ange organise un tremblement de terre pour lui montrer que c'est une affaire sérieuse.

Plus loin, les Apocryphes s'attaquent au problème de la virginité de Marie, ce problème si embrouillé, si confus dans les Canoniques et, merveille, tout devient simple et convaincant.

Voilà en réalité ce qui est arrivé : quand Marie a douze ans, elle refuse de quitter le Temple pour se marier, comme le veut l'usage. Aussitôt, le grand prêtre Abiathar, qui voulait fiancer Marie à son propre fils, se fâche. Marie ne se laisse pas faire : elle explique à Abiathar qu'elle a l'intention de rester vierge, à perpétuité, c'est son idée, si bien qu'Abiathar est furibond. Sa thèse est qu'on ne peut pas rester vierge et donner naissance à un enfant. On est dans l'impasse. Mais un ange intervient : il ordonne à Abiathar de trouver un fiancé pour cette jeune fille et il ajoute une recommandation : le fiancé doit être un veuf. Abiathar passe à l'action : tous les veufs de la région sont convoqués devant le Temple. Mais comment repérer le bon fiancé dans cette troupe de veufs ? Les Apocryphes nous fournissent une explication lumineuse : un des veufs se saisit d'une houlette. Une fleur en jaillit. La houlette embaume. Une colombe sort de cette fleur et vient se poser sur l'épaule d'un des veufs : celle de Joseph. Ébranlé par tant de signes, Joseph comprend qu'il doit épouser Marie. Sans doute, il est un peu ennuyé car il a déjà six enfants, dont le fameux Jacques, mais il obéit. Pendant ce temps, Marie reçoit la visite d'un autre ange, un ange logicien, qui lui explique : « C'est parce que tu es restée chaste que tu concevras et auras un fils. »

Quelques jours plus tard, nouvelle descente d'anges. Ils sont trois. Ou plutôt quatre car il y a le Verbe, flanqué de Gabriel, Raphaël et Michel. Tout de suite, le Verbe entre dans l'oreille de Marie. Pendant ce temps, un des anges court en Perse afin d'alerter les trois mages, trois frères, Melchior, roi des Perses, Balthazar, roi des Indes et Gaspard, roi des Arabes, qui étaient réunis en famille ce jour-là. Ils se mettent en route pour Bethléem.

Le temps passe un peu et voilà un nouveau problème : Joseph est démoralisé car son épouse, Marie, est enceinte. Il a honte. Il n'aura pas bien surveillé sa femme. Une amie de Marie le rassure : elle a souvent surpris Marie en train de bavarder avec un ange. Joseph est perplexe. « Pourquoi me faire croire qu'elle est enceinte d'un ange ? Quelqu'un aura pris l'apparence d'un ange et l'aura trompée. » Un autre ange est convoqué. Il se glisse dans un rêve de Joseph et il lui explique tout.

Comment ne pas regretter ce joli temps ? La conversation entre la terre et le ciel était gaie, insouciante et ininterrompue. Les hommes, les femmes, les bêtes, les herbes vivaient tout près du ciel, et si, par infortune, la communication était coupée, vite, les anges intervenaient. Des anges comme vous et moi. Je me demande même s'ils avaient des ailes et des plumes. Je les vois plutôt comme des laboureurs ou des marchandes de poisson. Même les miracles deviennent ordinaires. On dirait qu'ils sont rapportés par un vieux paysan bourru, au langage dru. Dans le Livre de l'enfance du Sauveur, une sage-femme débutante, nommée Salomé, refuse de croire à la virginité de Marie. Elle ne s'embarrasse pas de délicatesse : elle introduit un doigt dans le vagin de Marie. Le ciel n'apprécie pas ces façons. Il met le feu à la main de Salomé. Salomé pousse un cri. Le feu s'éteint. Voilà les Apocryphes : bien mieux que les Canoniques, ils nous expliquent que le temps et l'éternité sont entrelacés et qu'ils forment une seule étoffe.

Des ces embrouillaminis, le proto-Évangile de Jacques nous fournit une preuve. Quelques jours avant la naissance de Jésus, Joseph installe Marie et Siméon dans une grotte et file à la recherche d'une sage-femme. Il part d'un bon pas. Soudain, il n'avance plus. Il est ennuyé mais il n'est pas le seul. Tout l'univers est endormi, comme enchanté.

« Les vents ne soufflaient plus et les feuilles des arbres étaient immobiles. Joseph aperçut au loin des travailleurs des champs en train de manger, les mains au-dessus d'un récipient. Mais ceux qui avaient l'air de manger ne mastiquaient rien, et ceux qui semblaient prendre la nourriture ne la tiraient pas du plat. Ceux qui se disposaient à introduire la nourriture dans leur bouche ne le faisaient pas : tous avaient le visage levé et tous étaient figés. Il y avait aussi des brebis qui étaient poussées par un jeune berger mais elles n'avançaient pas, elles se tenaient immobiles. Le berger qui levait la main droite pour les frapper avec sa houlette était resté le bras en l'air. La rivière elle-même avait cessé de couler et quelques chevreaux qui avaient approché le museau de l'eau ne remuaient plus leurs babines. Durant un instant, et sans savoir pourquoi, le cours de la nature s'était interrompu et la vie s'était arrêtée. »

Ce texte est une splendeur. Il établit, sans l'ombre d'un doute, que le temps n'est que la trame de l'en dehors du temps, ou sa matière première. Même, je le préfère aux interventions, si efficaces cependant et si tendres, des anges. En effet, depuis toujours j'écarquille les yeux et jamais je n'ai aperçu le plus petit ange, même sans ailes. Au contraire, en certains moments de jouissance, d'allégresse ou de malheurs extrêmes, en certains instants d'amour ou de deuil, je crois bien que j'ai glissé une lame très fine entre deux instants du temps, et j'ai entrevu, dans l'immobilité des choses, les gribouillis de l'éternité.

Table

Un certain nombre de textes de cet ouvrage ont paru dans Terre sauvage, *un dans* Écrivain magazine *et un autre dans* La Quinzaine littéraire.

DU MÊME AUTEUR

Aux Éditions Albin Michel

UTOPIES ET CIVILISATIONS, Flammarion, 1977 ; rééd. Albin Michel, 1991.

LES FOLIES KŒNIGSMARK, 1989.

L'INCENDIE DE COPENHAGUE, 1995.

LE BRUIT DE LA NEIGE, 1996.

LA MISSION DES FRONTIÈRES, 2002.

Chez d'autres éditeurs

ANARCHISTES D'ESPAGNE, en collaboration avec Jean Bécarud, Balland, 1970.

LES PIRATES, Balland, 1969 ; rééd. Phébus, 1987.

MICHEL-ANGE, Screpel, 1970.

LA RÉVOLUTION SANS MODÈLE, en collaboration avec François Châtelet et Olivier Revault d'Allonnes, Mouton, 1975.

ÉQUINOXIALES, Flammarion, 1977.

UN SOLDAT EN DÉROUTE, Gallimard, 1981.

LE SINGE DE LA MONTRE, Flammarion, 1982.

LA BATAILLE DE WAGRAM, Flammarion, 1986.

BELÉM, MANAUS, SÃO LUIS : LES CAPITALES ENGLOUTIES, Hermè, 1996.

BESOIN DE MIRAGES, Le Seuil, 1999.

La composition de cet ouvrage
a été réalisée par I.G.S. Charente Photogravure,
à l'Isle-d'Espagnac,
l'impression et le brochage ont été effectués
sur presse Cameron dans les ateliers
de ***Bussière Camedan Imprimeries***
à Saint-Amand-Montrond (Cher),
pour le compte des Éditions Albin Michel.

Achevé d'imprimer en février 2003.
N° d'édition : 21334. N° d'impression : 030722/1.
Dépôt légal : mars 2003.